U0141477

影響一生的世界文學經典
巧讀
伊索寓言
Aesop's Fables
（古希臘）伊索◆著
張弛、孫笑語◆譯

# 譯者序

寓言是一種古老的文體，短小精悍，但內涵豐富；好比一個魔袋，雖然很小，卻能倒出數不盡的好東西來。世界各民族都有屬於自己的寓言，不同時代的寓言也各有特色。

《伊索寓言》大致形成於西元前六世紀的古希臘，是世界上最早的寓言故事集。《伊索寓言》中的故事有著短小精悍的篇幅、唯妙唯肖的形象和發人深省的隱喻。據說，伊索是一個奴隸，他相貌醜陋，卻智慧超群，善於講動物故事。有人認為，《伊索寓言》的價值和影響，可與《荷馬史詩》相媲美。

《伊索寓言》的特色是在結尾用一句話明示主題，或令人頓悟，或讓人沉思良久方能領會。故事中的動物，比如狐狸、狼等可以是反面角色，也可以是正面的，這一點與後來的寓言差別極大。由於年代久遠，這部寓言版本眾多，篇目不盡相同，確定無疑的有三百多篇，其中有些已成為家喻戶曉的名篇，如〈農夫和蛇〉〈狼和小羊〉〈烏龜與兔子〉〈口渴的烏鴉〉等等。

《伊索寓言》讓人們在輕鬆的故事閱讀中明白世間樸素的真理，縱觀人情世故、市井百態，了悟前人在社會生活中的生活教訓和經驗。作者在《伊索寓言》中極其推崇智慧，對恃強凌弱、弱肉強食的種種社會關係做了深刻的反諷，對愚蠢犯錯的人毫不手軟，讓它去承受因為愚蠢導致的惡果，很有教諭意義。同樣，《伊索寓言》還鼓勵受壓迫的人們團結起來積極與惡勢力進行鬥爭，書中大部分登場的人物是農夫、商人和普通百姓，深刻地反映了古希臘社會平民的生活，揭露了平凡人物的善良、仁慈，諷刺了市民們的虛偽和愚昧，也抨擊了權貴的自私貪婪和壞人們的奸詐嘴臉。

《伊索寓言》語言雋永諧趣，敘事清晰簡短卻情節豐富，大量的擬人化手法，賦予動物、植物人的能力和思考力，藉此來傳達作者要揭示的深刻寓意。在《伊索寓言》裡，常常充滿冷峻俏皮的幽默、精闢深邃的評論，它不僅是一部精彩的少兒啟蒙讀物，更是一本經典的生活教材。

# 目錄

# 1 伊索在造船廠

伊索特別善於講故事。一天，他閒著無事，就蹓躂到了造船廠。造船工人見他來了非常高興，就千方百計逗他說話。伊索拗不過，就講了個故事：

話說遠古的時候，天地一片混沌，到處都是水。天神宙斯希望有土出現，就吩咐土神讓他分三次把海水喝完。

土神喝了一口之後，山峰神奇地出現了；土神又喝了第二口，便出現了遼闊的原野。講到這兒伊索停頓了一會兒，接著又說：「幸好他沒有再喝下第三口，否則你們就沒辦法施展這僅有的一點本領了。」

**這個故事告訴我們，捉弄智慧高於自己的人，結果往往是得不償失。**

## 2 宙斯、普羅米修斯[1]、雅典娜[2]和摩摩斯[3]

眾神造物時，天神宙斯創造了牛，普羅米修斯創造了人，雅典娜則創造了房子。

他們找來摩摩斯當評委。摩摩斯對三件作品心生妒意。他說宙斯創造的牛的眼睛應該在角上，否則看不清道路。他評價普羅米修斯創造的人心應該長到身體外邊，這樣就能一眼看出誰的心裡有壞主意。最後他說雅典娜造的房子底下要有輪子，以便人們可以隨時搬家，不住在壞人的旁邊。

宙斯聽了摩摩斯的這番話無比憤怒，於是可憐的摩摩斯被天神趕出了奧林帕斯山。

**這個故事告訴我們，世上沒有盡善盡美的東西，也沒有一無是處的東西。**

# 3 宙斯與阿波羅❹

天神宙斯與阿波羅爭辯誰的射箭水準更高。

阿波羅拿出弓箭，使出渾身力氣把箭射了出去。無論阿波羅的箭射多遠，宙斯總是一步就能邁到箭落地的地方。

**這個故事告訴我們，挑戰別人的時候要量力而行，非但不會取勝，還會成為別人的笑料。**

---

❶普羅米修斯：伊阿珀托斯的兒子，曾爲了拯救人類而偷火送給人類。

❷雅典娜：希臘奧林匹斯十二主神之一，也有人把她歸爲奧林匹斯三處女神（包括黛安娜、雅典娜、維斯塔，她們發誓要永保處女身）之一。

❸摩摩斯：夜神的兒子，特別挑剔。

❹阿波羅：宙斯的兒子。在古希臘神話中的光明之神，同時也是羅馬神話中太陽神和射神的化身。

# 4 宙斯與烏龜

天神宙斯舉行婚禮那天，邀請所有動物都來參加。婚禮熱烈而隆重，在前來祝賀的動物中，單單少了烏龜，宙斯百思不得其解，不知道烏龜為什麼不來。

次日，當宙斯見到烏龜時，便質問他為什麼不來參加宴會。烏龜聽了，不假思索地說：「我十分愛自己的家，我哪兒也不想去，就只想待在自己的家裡。」宙斯聽後無比憤怒，為了懲罰烏龜，他命令：烏龜從此要馱著殼行走，讓他的家永遠跟隨著他。

**這個故事是說，有的人寧願待在家裡過樸素的日子，也不貪戀富人奢華的生活。**

# 5 宙斯和狐狸

因為狐狸既聰明又機智，天神宙斯便賞賜了他一頂獸類的皇冠。在改變了狐狸的命運後，宙斯想考驗一下狐狸，看他是否仍舊貪婪。

一天，宙斯看見狐狸經過，就把一隻糞金龜放在他的轎子前。狐狸看到一隻糞金龜不停地繞著轎子飛，他難以忍受便馬上從轎子上蹦了起來想要抓住糞金龜。看到這種情況，生氣的宙斯收回了皇冠。狐狸的身分又降到了從前的地位。

**這個故事說明，就算壞人穿上再漂亮的衣服，本性也不會發生改變。**

# 6 宙斯與蛇

天神宙斯舉行婚禮時，收到了很多禮物，這是所有的動物竭盡所能準備的。

同樣地，一條蛇也爬來祝賀，他銜著一朵玫瑰花，要把它送給宙斯。宙斯看到後，對蛇說：「今天我接受了所有動物的禮物，但我無論如何不能收下你的，因為從你嘴裡出來的東西太可怕了。」

**這個故事是說，最讓人害怕的是壞人給的恩惠。**

# 7 宙斯與人

剛被天神宙斯創造出來的人類是沒有智慧的。荷米斯[5]得到宙斯的命令，開始往人的體內注入智慧。荷米斯十分公平，他給每個人注入的智慧都是均等的。這樣，長得矮小的人就有了優勢，他們很快就被注滿了，成為高智商的人；不幸的是長得高大的人，相同的智慧僅僅注到了他們的膝蓋，他們便要愚笨些。

**這個故事適用於那些身材頎長但頭腦愚笨的人。**

❺荷米斯：宙斯和邁亞的兒子，掌管牧畜、旅行、經商等。

# 8 守護神

有個人經常給家裡供奉的守護神上供，而且用的都是高貴的祭祀品。這人習慣了大手大腳，把很多的錢花在了獻祭上。

一天晚上，守護神降臨人間，來到了這人面前，對他說：「你這樣浪費錢財真是不應該啊，朋友！如果你為了祭祀花費掉全部的財產，當你變得一無所有時，千萬不要來埋怨我。」

**和這個故事一樣，很多人怪罪神靈不保佑自己，卻不想一下自己當初考慮的是否周全。**

# 9 荷米斯與地神

天神宙斯把創造出的男人和女人交給了荷米斯，並囑咐荷米斯要教給他們種地的本領。荷米斯遵照命令帶著男人和女人來到莊稼地，教授他們開墾荒地、種植糧食。

他們剛開始工作，地神就來加以阻攔。荷米斯說這是宙斯的命令，逼迫地神同意人們耕種。地神說：「好吧，既然他們要以眼淚為代價來償還，那就讓他們自由耕種吧。」

**這個故事就是針對那些平時大手大腳借債度日，日後要辛苦償還的人說的。**

# 10 荷米斯和手藝人

天神宙斯命令荷米斯把撒謊藥撒在所有手藝人的身上。接到命令之後，荷米斯先研磨好了撒謊藥，然後在每個手藝人身上撒上了同等量的藥。

最終，荷米斯發現藥還剩很多，但沒有撒藥的只剩了一個皮匠，他便把剩餘的藥全都撒在了皮匠身上。從那時起，所有的手藝人都愛說假話，其中皮匠說得最厲害。

**這故事針對的是那些愛說假話的人。**

# 11 荷米斯與雕刻家

荷米斯化身為凡人來到了一個雕刻店，他想知道人們對他的尊敬程度。首先看到了天神宙斯的雕像，便問店主賣多少錢，店主說只要一塊銀圓。聽了店主的話，荷米斯笑了笑。隨後，他又問赫拉雕像的價錢。店主說這個要比剛才的那個貴一些。當荷米斯看到自己的雕像時，心中暗自竊喜，他想：我的雕像一定比他倆的價格高，因為我作為神的使者，可以給人們帶來財運和福氣。於是，他便自信地問店主自己雕像的價格，店主說：「如果你買前兩個雕像，這個是可以免費送給你的。」

**這個故事告訴我們，那些愛慕虛榮的人，往往被別人看不起。**

# 12 荷米斯和特伊西亞斯❻

荷米斯化身為一名凡人到城裡去，他想試試特伊西亞斯家的占卜是否準確。在這之前，荷米斯從特伊西亞斯的牧場裡偷了兩頭牛。

特伊西亞斯聽下人報告說牧場裡丟了牛，就和荷米斯一起向郊外走去。他對荷米斯說：「你只要見到了鳥就一定要告訴我，讓我用來觀察偷竊的跡象。」荷米斯遵照特伊西亞斯的囑咐，告訴他自己看見的第一隻鳥是鷹，這隻鷹一直盤旋在自己的左右。特伊西亞斯聽了之後說，這個沒有什麼。隨後，荷米斯看到路邊樹上停了一隻烏鴉，這隻烏鴉一會兒抬頭看看天，一會兒又低下頭來望望地。荷米斯又把看到的情形告訴了特伊西亞斯。特伊西亞斯聽了後，對荷米斯說：「你看這隻烏鴉，它看看天望望地是在對神靈起誓。它說，只要你允許，我丟失的兩頭牛一定可以找回來的。」

**所有的小偷都應該好好聽一下這個故事！**

# 13 海克力斯❼與財神

天神宙斯為海克力斯舉行盛大的宴會，祝賀他成為神。

面對前來參加宴會的眾神，海克力斯都主動熱情地打招呼。當他看到財神走過來時，急忙背轉過身，低下頭去，極力躲避。看到這種情況，宙斯疑惑不解，他不明白為什麼海克力斯對眾神熱情友好，唯獨對財神避而不見。宙斯便向他詢問原因。海克力斯說：「我在凡間時，看到他總是和壞人在一起，所以才對他避而不見。」

**有的人雖然很有錢，但為人卻很壞，這個故事說的就是這些人。**

❻特伊西亞斯：特拜城的預言人。

❼海克力斯：宙斯和阿爾克墨涅的兒子，力大無比，非常英勇，死後成爲天上的神仙。

# 14 普羅米修斯和人

天神宙斯命令普羅米修斯造出人和野獸，普羅米修斯奉命行事。

造好後，宙斯來檢查成果。事後，他吩咐普羅米修斯要毀掉一些野獸，因為野獸的數量實在是太多了。普羅米修斯遵照命令進行修改，將一些野獸改造成了人。

最後，第二批做出來的人雖擁有人的外表，卻長著野獸的心。

**這個故事指的是那些愚蠢且殘暴的人。**

# 15 演說家德馬德斯

在雅典城，有位叫德馬德斯的演說家正在演講。因為對他演講的內容不感興趣，所有的聽眾都無精打采。

看到這種情況，德馬德斯就問聽眾是否願意聽伊索寓言。聽眾倒是很感興趣，德馬德斯便開始講伊索寓言：「一天，狄蜜特開始了旅行，隨她上路的是一隻燕子和一條鰻魚。行走中，他們碰到了一條河，燕子展開翅膀飛向了天空，鰻魚向水中游去了。」

故事講到這兒戛然而止，聽眾都迫不及待地向他問道：「那狄蜜特呢？她怎麼辦呢？」

聽了他們的問話，德馬德斯慢慢地說：「狄蜜特還在生氣呢，她生你們這些人的氣。因為你們腦子裡只想著伊索寓言，從不肯關心國家的大事。」

**這個故事是說，只圖享樂、不思進取的人是最沒有頭腦的。**

# 16 代存財物的人和荷耳克斯[8]

有個人替朋友保管著財物，時間一長便起了貪心想據為己有。朋友讓他去賭咒自己沒有替別人保管過財物，他只好惴惴不安地去郊外起誓。

將要出城時，他看到一個腿腳不方便的人正向城外走去，便打聽那人的來歷和將要去哪裡。那人告訴他：「我是荷耳克斯，正在尋找所有不敬奉神靈的人。」他又問下次再來會是什麼時候。荷耳克斯說：「我一般會間隔四十年來一次，但特殊時會是三十年。」

次日，這個貪婪的人毫無顧忌地賭咒，說根本沒有任何財物在他這裡寄存過。最終，荷耳克斯抓住他，並把他帶到懸崖峭壁邊。他抱怨荷耳克斯說假話，因為荷耳克斯之前說三十年後才會回來，如今還不到一天就返回了。聽了他的責怪，荷耳克斯說：「你知道嗎，如果有誰惹怒我，我會隨時出現在他身邊。」

**這故事是說，對那些不敬神靈的人，神懲處他們是沒有時間限制的。**

# 17 狐狸和面具

狐狸閒來無事走進了一家店鋪，這裡出售著一件件塑製的道具。他仔細觀看著每一個成品，然後拿起其中一個悲劇演員用的面具，看著面具說：「可惜了，白白擁有一個漂亮的腦殼，卻沒有長腦子。」

**這個故事適用於那些身材魁梧但沒有頭腦的人。**

❽荷耳克斯：監誓神。有人違背誓言，他就會把他們引到峭壁上，然後將其推下懸崖，以示懲罰。

# 18 兩只口袋

人類被普羅米修斯造出來後，每個人的脖子上都有兩只口袋，這是普羅米修斯給他們掛上去的。這兩只口袋分別裝著自己的和別人的缺點。掛在胸前的那只裝的是別人的缺點，掛在後背上的那只裝的是自己的缺點。

所以人們總是在第一時間發現別人的缺點，卻不能看到自己的缺點。

**這個故事是說，人們總是對別人百般挑剔，卻對自己的缺點視而不見。**

# 19 狐狸和獅子

一隻狐狸在森林中行走，無意間看到了一隻獅子，因為他從沒有見過獅子，所以被嚇得魂飛魄散。

沒想到過了不久，他再一次見到了獅子，但仍舊恐懼得要命，不過已沒有第一次那麼害怕了。當他第三次再和獅子相遇時便不再膽怯，不但向獅子走去，還能和他親密地交談。

**這個故事告訴我們，對於不了解的事物接觸多了，自然也就不再畏懼。**

# 20 狐狸和豹

狐狸和豹在不停地爭論，他們都想讓對方承認自己是最美麗的。豹引以為豪的是自己身上的斑紋，他向狐狸極力炫耀斑紋的鮮豔色彩。

聽了豹的話，狐狸不以為然，他告訴豹：「我比你不知要美多少，你只注重表面的美麗，而我的美麗卻表現在聰明的大腦上。」

**這個故事告訴我們，外表的美無法超越智慧的美。**

## 21 狐狸和葡萄

一隻狐狸餓得飢腸轆轆，當他經過一座葡萄園時，看見葡萄架上結滿了葡萄。飢餓的狐狸很想吃到這些晶瑩透亮的葡萄，饞得口水不停地往下流。可是因為距離太遠，狐狸努力了幾次都沒有成功。他凝視著葡萄很久，也沒能想出摘到葡萄的好辦法。

最後，他對自己說：「這些葡萄怎麼看都沒熟，沒熟的酸葡萄又怎麼能吃呢？」說完後，便無奈地離開了。

**這個故事是說，有些人在失敗時總是藉口時機未到，其實是因為他們的能力不夠。**

# 22 狐狸和山羊

一隻狐狸路過一口井時，不小心掉了下去。他絞盡腦汁都無法出去，只好在裡邊等。

一隻山羊口渴難耐，為了尋找水源也來到了井邊。當他發現井裡有一隻狐狸時，就向狐狸詢問這口井的水質如何。

等待中的狐狸看到山羊後興奮不已，他知道這是一次能夠出去的好機會。狐狸用盡了甜言蜜語來稱讚這口井裡的水，想吸引山羊跳入井中。口渴的山羊為了喝到水，連想都沒有想就跳了下去。喝完水後，山羊就和狐狸商量如何出去。

狐狸告訴山羊：「我有個辦法，可以讓我們兩個都出去。你得先放平犄角，再用蹄子支撐在井壁上，我從你的背躍上去，就可以出去了。然後，我再把你拉上去。」原先山羊不願意這樣做，但他禁不住狐狸的軟磨硬泡，最後還是同意了。

**這個故事告訴我們，在做每一件事之前應當先考慮會出現怎樣的後果。**

## 23 狐狸與母獅

一隻狐狸嘲笑母獅沒有本事，一胎只能生一子。

母獅聽後，對狐狸說：「雖然如此，但我每胎生下的都是獅子啊！」

**這故事是說，事物的價值高貴與否，不在其量，而在其質。**

# 24 狐狸和猴子

有一次，野獸們舉行聚會，猴子在聚會上跳了支舞，得到野獸們的一致讚揚。此後，猴子被野獸們擁立為王。狐狸因此嫉妒猴子。

狐狸告訴猴子：「我剛剛發現了一個寶物，我想把它作為貢品獻給大王，希望大王能親自去把它取回來。」聽了狐狸的話，猴子便和他一起去看寶物，原來是一塊夾在捕獸夾子上的肉。猴子看到後，毫不猶豫就去取肉，結果被夾子牢牢地夾住了。猴子憤怒斥責狐狸居心不良，狐狸對他說：「愚蠢的猴子，你還想在野獸中當大王，你覺得你這少得可憐的智慧夠用嗎？」

**這個故事告訴我們，做事欠缺考慮的人，輕則遭受嘲笑，重則遭受不幸。**

# 25 狐狸和鱷魚

狐狸和鱷魚在無休止地爭論，只是為了證明自己的家世要比對方榮耀。

鱷魚把自己祖先的偉大事蹟向狐狸一一講述，講到最後，他告訴狐狸：「你知道嗎？我的祖先中有人做過體育場的場長呢。」聽了鱷魚的話，狐狸說：「我能相信，從你的皮膚就看得出來，如果沒有經過長時間的鍛鍊，是不可能成為這樣的。」

**這個故事是說，事實勝於雄辯。**

# 26 狐狸、猴子和祖先

狐狸和猴子在一起行走，當談到各自的家世時，他們爭得面紅耳赤，誰也不示弱，都向對方炫耀自己的家世是多麼顯貴。

此時，他們正好走到一塊墓地的旁邊。猴子停下了腳步，久久望著墓地，突然失聲痛哭。狐狸疑惑不解，便問猴子為什麼痛哭。

猴子止住哭泣，手指墓碑說：「你看到這些墓碑了嗎？這些墳墓裡埋的都曾是我家祖先的奴隸呀！他們有的是被我的祖先所奴役的，還有的是被釋放的。你想，當我今天看到這些墓碑時怎麼會不難過呢？」

聽了猴子的這番話，狐狸說道：「無論你怎麼騙人，這些墳墓裡的人都不可能走出來與你爭辯。如今，你想怎麼說就怎麼說吧！」

**像這個故事所講的那樣，當沒人反駁時，那些說假話的人會更加肆無忌憚。**

# 27 狐狸和荊棘

一隻狐狸在攀爬籬笆，一不小心差點摔下來，情急之下，他急忙抓住了籬笆旁的一根荊棘。狐狸雖然沒有掉下來，卻被荊棘刺傷了腳。疼痛難忍的狐狸很生氣，他對荊棘說：「你還不如人家籬笆，我在遇到困難時向你求救，你卻無情地刺傷了我。」

聽了狐狸的埋怨，荊棘說：「你真是太傻了，竟然會想到要依靠我！難道你沒有看到我還總是要依靠別人嗎？」

**這個故事告訴我們，千萬不要把希望寄託在不可靠的人身上。**

# 28 狐狸和狗

羊群中有一隻小羊正在吃奶，突然一隻狐狸跑了進來，狐狸抱起了小羊，裝出慈愛的樣子撫摸他。

狗經過時看到了這種情況，向狐狸問道：「你在做什麼？」

狐狸說：「我這是在和他玩耍，想要好好照顧他。」

聽了狐狸的話，狗厲聲說道：「假如你不想得到狗對你的愛撫，就馬上乖乖地放下這隻小羊。」

**這個故事針對的是那些盜賊和無賴。**

# 29 狐狸和伐木人

一隻狐狸受到獵人追趕，為了逃命，極力奔跑。無意中，他跑到了一個伐木工人家裡。他請求伐木工人一定要救他，無論是把他藏在什麼地方。伐木工人答應了狐狸的請求，告訴他：「柴房比較安全，你就藏在那裡吧！」狐狸趕快藏了起來。

沒過多久，獵人就追到了這裡，他向伐木工人打聽是否見到一隻狐狸從這裡經過。伐木工人回答不曾見過，但讓狐狸意想不到的是，伐木工人竟然同時用手指著狐狸所藏的地方。狐狸知道，那是在向獵人暗示。不過，獵人只把注意力放在了伐木工人的嘴上，卻沒有留意到他的手。

獵人離開了伐木工人的家，繼續去尋找狐狸。

狐狸也從柴房出來後，頭也不回地走了。伐木工人看到這種情況非常生氣，他叫住了狐狸，問他為什麼不知感恩，畢竟是他保護了狐狸。

聽了伐木工人的話，狐狸回過頭來說：「假如你在說出保護我的話語之後，沒有再做揭露我的手勢，我一定會向你表達謝意的。」

**這個故事說的是那些言行不一的人。**

# 30 斷尾的狐狸

有隻狐狸在森林中行走時，不小心踩到了捕獸器，在掙脫的過程中尾巴被夾斷了。

這件事讓狐狸覺得很丟臉，他不知如何面對以後的日子。左思右想之後，狐狸有了一個好主意，他想：如果要掩蓋我沒有尾巴，唯一的辦法就是讓所有的狐狸都剪掉尾巴，當我們都相同時，我就不會顯得與眾不同了。

想好之後，狐狸就開始行動了。

他把其他狐狸都聚集在一起，開始勸說他們。目的只有一個，就是讓所有的狐狸都失掉尾巴。他覺得他的理由足夠充分，他要讓其他狐狸認識到：尾巴既是負擔，同時又非常難看。

不等這隻狐狸把話說完，便有一隻狐狸說：「夥計，你說了這麼多，無非是因為對你有好處，否則你也不會費盡心機勸我們剪掉尾巴了。」

**這個故事說明，有些人在勸說他人時，只是為了自己的利益，而不是為對方考慮。**

# 31 肚脹的狐狸

有隻狐狸飢餓難耐，東張西望地尋找食物。忽然他發現樹上的洞裡有些東西，仔細一看，原來是一些肉和麵包。他想這可能是放牧的人落在這裡的。不容多想，他急忙爬進洞中開始吃這些東西。吃飽之後便想離開，但這時吃得鼓鼓的肚子讓他走不出樹洞。最終，他只能待在洞裡長吁短歎。

此時，正好又有一隻狐狸經過這棵樹，當他聽到這隻狐狸的歎氣聲時，便走過來詢問緣故，聽完了洞中狐狸的敘述後，無可奈何地說：「我看，你現在只有乖乖地待在這裡了，要想輕鬆地出來，只能等到肚子裡的肉和麵包消化掉。」

**這個故事告訴我們，時間是解決很多問題的鑰匙。**

# 32 狐狸和籠子裡的獅子

一隻獅子不幸被關在了籠子裡。有隻狐狸看到這種情景後，就向獅子走來，站在和獅子足夠近的地方，大聲地侮辱著獅子。

獅子看著狐狸，平靜地說：「我被侮辱並不是因為你的緣故，而是我如今不幸的遭遇。」

**這個故事是說，當名人遭受不幸時，往往會受到下人的蔑視。**

# 33 狗與狐狸

路上有幾條狗在行走。忽然，他們在路旁發現了一張被廢棄的獅子皮。因無事可做，他們便商議一起來撕扯這張獅子皮，直到把獅子皮撕碎。

當他們正興致勃勃地做著這件事時，一隻狐狸路過，狐狸停下腳步對他們說：「好無聊啊！假如現在獅子仍然活著，你們心裡是最清楚的，他的爪子能勝過所有狗的牙齒。」

**這個故事是說，有的人在呼風喚雨時，會受到人們的尊敬；當他們日落西山時，便會受到人們的輕視。**

# 34 螃蟹和狐狸

有隻螃蟹厭倦了海裡的生活，便爬上岸來，他在岸上尋到了一處滿意的地方，準備長期居住。不幸的是，河岸上正好有隻飢腸轆轆的狐狸路過，狐狸看到這隻螃蟹欣喜萬分，急忙抓住了他。

螃蟹將要被狐狸吃掉時，後悔不已，他說：「我這隻愚蠢的螃蟹真是自作自受！我一心想到岸上居住，卻忘記了只有大海才是我的家。」

**這個故事告訴我們，捨棄熟悉的去做毫不相干的事情，最終只會自食其果。**

# 35 邁安特洛斯河⑨邊的狐狸

一天，邁安特洛斯河邊來了很多狐狸，這些狐狸因為口渴難忍找到了這裡，想用這河裡的水解渴。因為水流湍急，儘管每一隻狐狸都急於喝到水，但都沒有勇氣到河裡去。

有隻狐狸為了炫耀自己的膽量，在諷刺了同伴們的懦弱後，鼓起勇氣進入了河中。但不幸的是，他剛進入水中就被急流帶到了河中心，岸邊的狐狸急忙向他呼叫道：「喂，朋友，你趕快回來！你不能走！我們想平安地喝到水，你得回來告訴我們什麼地方不危險！」

那隻順著水流繼續前行的狐狸說：「等我一下，我回來後會告訴你們的！我現在要把一封寄往米利都的信箋送要那裡去！」

**這個故事告訴我們，那些總愛自吹自擂、死要面子的人都沒有好下場。**

# 36 獅子和青蛙

青蛙在池塘中扯著嗓門大叫，聲音高亢而洪亮。一隻獅子聽到池塘中傳出的聲音很好奇，便朝發出聲音的地方轉過頭去細心察看，他認為能發出這種聲音的一定是個龐然大物。過了一會兒，那隻青蛙從池塘裡蹦了出來。青蛙剛一出來就被獅子踩在腳下，一命嗚呼。獅子說：「在我們沒有親眼看到的時候，一定不要被他人的話語弄得心神不寧。」

**這個故事說的是那些自吹自擂的人，他們除了說大話外，沒有一點真正的本領。**

❾邁安特洛斯河：即大門德雷斯河，位於小亞細亞西南部，在米利都附近注入愛琴海。

# 37 老獅子與猴子

一頭年紀很大的獅子實在無力再去捕捉獵物，為了解決飢餓的問題，他想用計謀讓動物們自己送上門來。隨後，他便有氣無力地躺在山洞裡邊，努力裝出生病已久的樣子。不時地，就有一些小動物偷偷地來到山洞裡，他們想看看獅子病得是否嚴重。躺在地上的獅子等到有動物走到身邊時，就會猛撲上去將他們吃掉。如此一來，獅子就很輕鬆地吃掉了很多動物。

一天，一隻猴子來探望獅子，只是他一直站在離洞口很遠的地方，因為他早已看出獅子是在裝病。他故意裝出關心的樣子，問候獅子現在感覺如何。獅子虛弱地說：「我現在感覺非常難受，你為什麼不到我身邊看一下呢？」猴子回答獅子說：「我本來是想進去的，但我發現洞口的腳印都是朝著洞裡去的，卻沒有一個是走向洞外的，所以我覺得我還是不進去的好。」

**這個故事是說，有智慧的人通過觀察跡象就知道有沒有危險。**

# 38 獅子和熊

獅子和熊為了一隻小鹿打了起來，小鹿是他們共同找到的，但他們都想獨自佔有。他們打鬥了很長時間，最後全都累倒在地，感覺頭暈目眩，生命好像已丟掉一半。

有隻狐狸自始至終都在旁邊觀看，當他們癱倒在地時，狐狸毫不費力地叼走了小鹿。獅子和熊躺在地上眼巴巴地望著狐狸去，卻都無法起來，他們齊聲說道：「我們真愚蠢，白白為狐狸忙活了一番！」

**這個故事是說，有些人勞碌卻一無所獲，而有些人則能輕鬆地坐收漁利。**

# 39 獅子、普羅米修斯與象

普羅米修斯創造了威武的獅子，使他形象高大；使他擁有強有力的武器，就是那裝在下顎鋒利的牙齒；使他比任何一種動物都勇猛，因為他的腳上有強勁的爪子。但獅子不但沒有感謝普羅米修斯，反而怨聲載道。

他對普羅米修斯說：「你創造的我為什麼總是要害怕公雞呢？」聽了獅子的抱怨，普羅米修斯說：「你有什麼理由責備我呢？你已經具備了所有的長處，這已經是我所能創造的全部了。只因為你擁有懦弱的性格，這又能去埋怨誰呢？」

此後，獅子總是責備自己太膽小、太軟弱。終於有一天，獅子覺得無法再生存下去，想到了死亡。

就在此時，他和一隻大象相遇了，各自打過招呼後，他倆便站在路邊說起了話。聊天中，獅子看見大象一直在扇動耳朵著，就好奇地問道：「朋友，你在幹什麼呀？你為什麼不能停止扇動你的耳朵呢？」

聽了獅子的問話，大象無奈地說：「難道你沒看見這些讓人討厭的蚊子嗎？他們不停地嗡嗡叫著，假如蚊子飛進了我的耳朵裡，那我就沒命了。」

聽了大象的話，獅子清醒了：「蚊子比公雞要小很多，大象還沒有我幸福。我又何必自尋煩惱要去死呢？」

**再強大的事物也有它害怕的東西，唯有克服心理的脆弱，才能讓自己更快樂。**

# 40 獅子和公牛

一隻獅子想吃公牛的肉，他想了很多辦法都沒能如願。為了達到目的，他決定要點小聰明。一天，獅子向那頭公牛發出邀請：「朋友，今天我們共進晚餐好嗎？我捕獲了一隻綿羊，我想你是有興趣來一起品嘗的。」公牛接受了獅子的邀請。獅子計畫著讓公牛躺到地上，那將是吃他的最好時機。

公牛準時來到了獅子這兒，但沒有停留就離開了。因為他看到獅子這兒有很多大瓦鍋，鑊子也大得嚇人，卻沒有所謂的綿羊。對於公牛的離開，獅子很不滿意，他質問公牛為什麼離開，公牛說：「我不是無緣無故離開的，我看你擺出的架勢不是要吃什麼綿羊，而是要吃我這頭公牛。」

**這個故事是說，壞人的伎倆在聰明人面前會不攻自破。**

# 41 獅子、狼和狐狸

年老的獅子病得很重，只能待在山洞裡。很多動物都來問候過，因為獅子畢竟是他們的大王，但狐狸卻從沒有來探望過獅子。狼便趁機對獅子說了很多狐狸的壞話，說狐狸膽大包天，藐視大王，竟敢不來問候。此時，狐狸恰巧走到了洞口，狼最後所說的幾句話被他聽到了。

於是，狐狸走進山洞向獅子提出請求，允許他解釋幾句。得到允許後，狐狸說道：「大王，我沒有來探望你是有原因的，聽說你生了病，我便到處奔跑為你尋找名醫、尋求良方。你想一下，來探望你的所有動物中，有哪一個像我一樣忠心呢？」

聽了狐狸的話，獅子讓他趕快說出尋到的良方。狐狸不緊不慢地說：「要活剝一隻狼，然後把熱狼皮披到身體上就可以了。」不到一會兒，狼就躺到了地上，成了一具沒有狼皮的死屍。

狐狸看著死狼，笑著說道：「你太不應該了，你為什麼不去引導主人起善念，卻要促使主人有惡意呢？」

**這個故事告訴我們，常常算計別人的人，往往會自食其果。**

# 42 獅子和海豚

一天，獅子閒來無事便在海邊行走。正好海豚從海裡探出頭來，森林之王便與海中之王說起了話。獅子說：「我倆可以結為同盟，我統領著陸地的動物，你統領著海中的動物。我們如果能互相幫助，一定會成為最好的盟友。」海豚高興地接受了獅子的建議。

沒過多久，獅子和野牛之間發生了戰爭，獅子向海豚求助。海豚想去幫助獅子，可是他卻無法從海裡來到陸地上。獅子以為海豚見死不救。海豚說：「朋友，你不能責怪我，你應該責怪自然，是他讓我不能來到陸地上，而這並非我的本意。」

**這個故事告訴我們，在選擇盟友時，首先考慮選擇那些可以共患難的人。**

# 43 獅子、老鼠和狐狸

天氣非常炎熱，獅子感覺全身乏力就趴在洞中睡覺。突然，山洞中跑進了一隻老鼠。這隻老鼠從獅子的鬃毛中穿過，又跑到了他的耳朵上。熟睡中的獅子被驚醒，非常生氣，他惱恨老鼠驚擾了他的甜夢。獅子從地上爬了起來，晃動著身子尋找老鼠的影蹤。

路過山洞的狐狸看見了，對獅子說：「你居然會被一隻小老鼠嚇到，你可是一隻凶猛的獅子啊！」

獅子聽了之後說：「我怎麼會害怕那隻老鼠呢？只是他的肆無忌憚和目中無人讓人覺得可恨！」

**這個故事告訴我們，有時一個小小的行為或舉動，也許對別人來說是大大的冒犯。**

# 44 獅子和驢

一次，獅子和驢結伴去捕捉獵物。他們發現了一個山洞，裡邊住了許多野羊。為防止野羊從洞中跑出來，獅子便守在洞口；走進山洞的驢為了使野羊害怕便又吼又蹦。結果很多從山洞裡跑出來的野羊都被獅子捕獲。

驢從山洞中出來後，自豪地說：「我幫你趕出了這麼多的野羊，我是不是很勇猛啊？」

獅子聽了，說：「你應該清楚，假如我不知道你的身分，不曉得你只是一頭驢，我想我可能也會怕你。」

**這個故事是說，不要在了解自己的人面前自吹自擂。**

# 45 獅子、驢和狐狸

獅子、驢和狐狸結伴去捕捉獵物。最終，有很多野獸成為了他們的獵物。

驢被獅子安排來分獵物。驢分好後，請獅子第一個挑選。獅子看到三份均等的獵物後非常生氣，他朝驢撲了過去，可憐的驢頓時成了獅子的口中之物。

隨後，獅子又讓狐狸來分獵物。狐狸把大部分獵物分給了獅子，僅僅給自己留下了很少一部分。獅子很滿意，問狐狸是從哪兒學來的。狐狸戰戰兢兢地說：「是驢遭遇到的不幸。」

**這個故事告訴我們，在別人的災難中有我們要吸取的教訓。**

# 46 獅子和兔子

一隻兔子正在睡覺，被獅子發現了，獅子便想尋找機會吃掉他。正好，一隻鹿走過來，獅子便放棄了兔子向鹿跑去。獅子奔跑的聲音驚動了兔子，兔子從地上跳起來逃命去了。獅子拼命想追到鹿，最終也沒有成功，此時兔子也早已逃得毫無蹤跡。

獅子後悔不已地說：「我真是自作自受！因為貪心，我失掉已經到手的獵物，也沒能實現更高的目標。」

**這個故事是說，有些人太貪心，不滿足於現有的利益，一心追求更高的目標，結果一無所獲。**

# 47 獅子與報恩的老鼠

獅子正在酣睡，一隻老鼠跑進來，不小心跑到了獅子的身上。被驚醒的獅子猛地跳了起來，他迅速地捉住了老鼠，想要吃了他。

老鼠急忙向獅子求饒，他說，如果獅子放了他，日後一定會報答獅子。獅子聽後不以為然地笑了，但還是放了他。過了一段日子，老鼠果然救了獅子的命。

那次是因為獵人捉住了獅子，並用繩子將獅子捆綁在樹上。獅子痛苦地哀叫著，正好被路過的老鼠聽到。老鼠便跑過去使勁地啃開了繩子，救了獅子一命。

老鼠對獅子說：「當初，你認為我是不能向你報恩的，如今你明白了吧？我雖然弱小，但是也可以幫助到你。」

**這個故事告訴我們，事情總在發生著變化，有時弱者反倒能幫助強者。**

# 48 戀愛的獅子與農夫

獅子來到農夫家裡，告訴農夫自己喜歡上他的女兒，想要娶她。農夫內心裡很不願意，因為獅子畢竟是野獸，可懾於獅子的威力也不敢反對。左思右想，農夫想出了一個好辦法。過了幾天獅子來提親時，農夫說：「你可以娶我的女兒，你倆很般配。但是她害怕你身上的一些東西，我想你是不是應該先去掉它們？比如，你應該先把牙齒拔掉、爪子砍掉。你認為呢？」

被愛情沖昏了頭腦的獅子，連想都沒想就照辦了。此後，農夫不再害怕獅子。當獅子又一次來農夫家提親時，農夫用木棒將他打倒，並用繩子捆了起來。

**這個故事告訴我們，不要輕信敵人的話，放棄了自己的優勢，那樣很快就會滅亡。**

# 49 獵手和獅子

有個獵手到山中去捕抓獵物，因為他富有經驗，所以每一個看到他的動物都飛快逃離了。唯一不害怕他的是獅子，不但沒有離開，反而來挑釁。

獵手拿起弓箭說道：「讓我的使者先會會你，我要到最後才會親自出馬，你看如何？」話音剛落，獅子便挨了一箭。

獅子疼痛難忍，急於逃命。站在一旁的狐狸給他加油，讓他再多堅持一會兒。獅子說：「你為什麼還要欺騙我呢？我已經遭受了獵手使者的打擊，等到他本人攻擊時，我怎麼會受得了？」

**這個故事告訴我們，對於在遠處就能給我們帶來傷害的人，一定要遠離他們。**

# 50 蚊子和獅子

有隻蚊子飛到獅子面前，趾高氣揚地說：「我根本就不怕你，你的本事並不比我多。你的力量究竟有多大呢？打鬥時，你是準備用爪子抓呢，還是用牙齒咬呢？如果只有這幾招，女人在與男人撕扯時也會用。可我要比你厲害得多。你要是不信，我們不妨來比試比試。」說完，蚊子吹著喇叭猛衝上前去，專咬獅子身上沒有毛的地方，尤其是鼻子周圍。

獅子為了逮到蚊子，在臉上拼命地亂抓，結果臉都抓破了，最後被迫停戰。蚊子打敗了獅子，高唱勝利之曲，吹奏著小喇叭在空中飛來飛去。不幸的是，被勝利沖昏了頭腦的蚊子沒有看見前方的蜘蛛網，一下子被黏住。蜘蛛準備要吃掉蚊子時，只聽蚊子悲歎道：「我已戰勝了最強大的動物，卻不料栽在這小小的蜘蛛手裡。」

**驕傲是沒有好下場的，你能擊敗比自己強大的人，也可能會被比自己弱小的人擊敗。**

# 51 鷹、寒鴉和牧人

一隻羔羊正在慢慢地行走，不料被站在懸崖上的鷹發現，鷹飛下來抓住羔羊後便飛走了。正在一旁休息的寒鴉看見了這一幕，他非常想擁有鷹的本領，就撲棱棱地飛到了公羊身邊，想把公羊抓走。不幸的是，當他剛抓住公羊背上的毛時，卻無法飛起來，原來羊毛纏住了他的爪子。

正在放牧的牧人看到了這種情況，就把寒鴉抓了下來，並把寒鴉身上的羽毛全部剪掉，拿回家送給孩子玩耍。孩子們不知這是什麼鳥，就問父親。父親告訴他們說：「他明明是一隻寒鴉，卻要高估自己，把自己當作了鷹。」

**有些人自不量力總想去模仿強者，結果不僅一無所獲，反而會招來不幸，淪為笑料。**

# 52 鷹和糞金龜

兔子被鷹追得無處可逃，碰巧看見不遠處有隻糞金龜，便向糞金龜尋求幫助。糞金龜答應了要幫兔子的忙。當鷹飛到糞金龜身邊時，糞金龜請求鷹放了兔子，因為兔子有求於他。但鷹根本就不理睬糞金龜，不但沒答應他的請求，還讓糞金龜親眼看著自己把兔子吃掉了。

糞金龜受到侮辱之後一心想報仇，他眼睛一眨不眨地望著鷹巢，只要鷹在巢中產卵，他便飛過去把卵打破。鷹為尋找產卵的地方到處躲藏，最後他找到了宙斯，請求把卵產在沒有危險的地方。

在宙斯的幫助下，鷹把卵產在了宙斯的口袋裡。糞金龜發現後，就飛到了宙斯的身邊，把已滾好的糞球扔到了宙斯的口袋裡。宙斯急忙站起來抖動口袋，不料竟將鷹卵抖了出來。聽說此後，鷹從不在糞金龜出現的時節孵卵。

**這個故事是說，我們不要小看任何人，再膽小的人在遭受侮辱後也會對仇人加以報復的。**

# 53 野山羊和牧人

一個牧羊人在草地上放牧，後來看到自己的羊群中多了一些野山羊。夕陽落山後，牧人把所有的羊都關到了羊圈裡。

次日，因為有風暴，牧羊人沒讓羊到草地上去，所有的羊只能待在圈裡吃草料。餵草料時，牧人給野山羊放了許多草料；而給自己的羊扔的草料卻少得可憐，僅僅使他們不至於被餓死。天氣好轉後，牧人趕著羊群去吃草，野山羊都偷偷離開了他。

牧人很生氣，因為他對他們照顧有加，他們卻不知好歹地跑了。野山羊聽了他的抱怨，轉過身來說：「我們這樣做是有原因的，我們不過是昨天才來的，你對待我們就比對你原來的羊還要好，日後如果再有其他的野山羊來到這裡，你一定會冷淡了我們而去愛他們。」

**這個故事告訴我們，不要和見異思遷的人交朋友，因為當他們有了新朋友時，一定會把我們忘記。**

# 54 鷹與狐狸

山鷹和狐狸商議以後要一起生活，因為他們剛剛成為朋友，住在一起可以加深彼此的友情。他們選擇一棵高大的樹作為他們的家，鷹在樹上住，他壘好了巢哺育下一代；樹下的灌木叢是狐狸的家，他在那裡養育後代。

一次，狐狸外出尋找食物，恰巧鷹正缺少獵物，便把灌木叢中的小狐狸全部吃掉了。覓食回來的狐狸看到子女被吃掉後傷心欲絕。而令他更傷心的是，明知此事是鷹所為卻無法復仇，因為他無法飛到高處追趕鳥類。此時，他唯一能做的就是站在灌木叢中咒罵山鷹。

沒過多久，鷹就得到了報應。一次，鷹從外邊帶了一些羊肉回來，這是祭祀的人放在野外的神壇上的，羊肉上還帶有火星。一陣大風颳來，火星點燃了鷹巢，一隻隻被燒死的幼鷹從巢中掉了下來，狐狸趕忙從灌木叢中跑出來，當著山鷹的面吃掉了所有的小鷹。

**這個故事告訴我們，忘恩負義的人總是會得到報應的。**

# 55 牧人和丟失的牛

樹林中，有個牧人在放牛。一隻小牛犢不知跑去了哪裡，牧人找了很久也沒能找到。為了找到偷牛犢的賊，他向上天起誓說，只要能發現那個賊就奉獻一隻羊給樹林守護神。

不久之後，他就看到了他的小牛犢，這時一隻獅子正在吃它。他趕忙抬頭望著天，高高舉起雙手，膽戰心驚地祈求道：「先前，我向你起誓，假如能把偷牛犢的賊捉住，我會向樹林守護神奉獻一隻羊。如今，我已找到了那個賊，我願意失去這頭小牛犢，另外再奉獻一頭更大的牛，只為能保佑我平平安安地離開這隻獅子。」

**這個故事是說，有的人在面對勁敵時可能會失去膽量，甚至連自己發誓時說過的話也不記得了。**

# 56 農夫與他的兒子們

一位病重的農夫在彌留之際，把所有兒子召集到身邊，傳授給他們耕種的經驗。老人說：「孩兒們啊，我在世上也沒有多少時間了，我曾經在葡萄園裡埋藏了一些東西，日後，你們就把那些東西都刨出來吧！」

父親離世後，他們都來到了葡萄園，猜想父親埋藏的一定是金銀財寶，他們翻遍了整座葡萄園卻一無所獲。但沒有想到的是，因為他們的這次翻地，使葡萄園第二年收穫的葡萄前所未有的多。

**這個故事告訴我們，世上最寶貴的財富就是勤奮。**

# 57 農夫和蛇

寒冷的冬日，有個農夫在路邊發現了一條蛇，這條蛇已經被凍得失去了知覺。善良的農夫覺得它很可憐，就把蛇放到胸前來暖和它的身體。當蛇醒過來之後，狠狠地咬了農夫一口。蛇的本性便是如此，哪會在乎農夫剛剛救了它的命，可憐的農夫卻因為好心丟掉了性命。

農夫臨死前後悔不已：「我真是自作自受，如今我有這樣的報應只是因為我對壞人太好了。」

**這個故事告訴我們，無論對壞人多麼有善心，他們也不會改變作惡的本性。**

# 58 農夫與爭吵的兒子們

有位農夫有好幾個兒子，他們經常發生爭吵，農夫經常給他們講道理，但收效甚微。他想如果用事實來進行教育可能會更好。於是，他讓兒子們抱來了一捆木棒，他把那捆木棒輪流交給每一個兒子，讓他們把整捆木棒折斷。結果，無論他們怎麼用勁，都無法折斷這捆木棒。農夫解開了這捆木棒，分給兒子每人一根，讓他們重新來折。這次，每個人都輕而易舉地折斷了手中的木棒。

農夫對他們說：「孩兒們，當你們在無休止地爭吵時，敵人會很容易打敗你們；如果你們能像這捆木棒一樣，心往一處想，勁往一處使，敵人便不能輕易得逞了。」

**這個故事說，團結就是力量，窩裡鬥只會被敵人擊垮。**

# 59 農夫和幸運女神

有個農夫在耕種時發現了一塊金子，此後便天天拿著花冠去供奉土地女神，因為他猜想這塊金子是土地女神送給他的。

有一天，幸運女神來到凡間，特意找到這個農夫對他說：「朋友啊，你怎麼這麼糊塗呢？你怎麼會認為這金子是土地女神送的呢？這可是我為了讓你富有而送的啊！要是有一天這塊金子落到別人手裡，你反而會因為時運不濟責怪我。」

**這個故事告訴我們，在感謝別人之前，一定要先弄清楚究竟是誰有恩於我們。**

# 60 農夫和狐狸

有個心地惡毒的農夫，他嫉妒鄰居的莊稼長得好，就想盡辦法搞破壞。有一次，他在地裡捕捉狐狸時，故意把帶火的木柴扔在了鄰居家的莊稼地裡，這木柴原本是為熏狐狸出洞準備的。

這事被路過的狐狸看見了，狐狸遵照上天的旨意，把木柴扔回了那個農夫家的莊稼地裡，於是農夫的莊稼全都被燒毀了。

**這個故事是說，有惡念的人將最先受到懲罰。**

# 61 農夫和咬死他兒子的蛇

農夫的兒子在玩耍時，沒有看到蛇已爬到了腳邊，結果被蛇咬死了。傷心欲絕的農夫來到了蛇洞前，他手裡拿的是一把斧頭，想等蛇出洞時砍斷他。洞口剛出現蛇的頭，農夫的斧子就揮了過來。斧頭落到了洞口的大石頭上，石頭立刻裂為兩半，蛇卻沒有受傷。

看到情況不妙，農夫擔心被蛇傷害，便急忙向蛇求饒想要化解矛盾，而蛇卻不願這樣做，他對農夫說：「當我看到這塊破裂的石頭時，就會對你很反感，就像你看到自己兒子的墓碑時對我很反感一樣。」

**這個故事告訴我們，只要結下了刻骨銘心的仇恨，就很難去化解它。**

# 62 農夫和狗

因為風暴，農夫無法外出，結果不但糧草被羊吃完了，連自己也沒有食物可吃了。無奈之下，他只能把綿羊吃掉了。但風暴還是沒有停止的跡象，過了些日子，他把耕田的牛也吃掉了。

看到主人的這種做法，狗兒們湊在一起說：「我們還是趕快走吧，那些牛曾為主人做過那麼多的農活都被殺了，主人最終肯定會把我們也殺了的。」

**這故事告訴我們，對於那些連親人都不放過的人，我們要加倍提防。**

# 63 農夫與狼

有個農夫為了讓牛飲水，便解開了他身上的犁套。當牛被農夫牽去喝水後，一隻餓得眼冒金星的狼走了過來。當他發現地上的犁後，先用舌頭舔了舔，在上邊聞到了牛肉的味道，於是把整個脖子都伸進了犁套裡。但當他想出來時卻為時已晚，想盡辦法也沒能拔出脖子。無奈之下，狼只能在地裡打轉，不經意間替農夫犁了一些地。

農夫牽著喝完水的牛回來，看到之後自言自語地說：「日後，你不應該再做壞事了，來幫我們種地倒是件挺不錯的事。」

**這個故事告訴我們，有些壞人雖然做了好事，可能是迫於無奈，並不是出自真心。**

# 64 農夫與獅子

有個農夫看到自家餵養牲畜的圈裡跑進了一隻獅子，就急忙關上了通向外邊的門。因為無法逃跑，獅子在咬死幾隻羊後，又衝向了牛群。農夫擔心自己受到牽連，便打開大門把獅子放走了。

獅子離開後，看到傷心難過的丈夫，妻子說：「你真是自作自受！因為獅子的凶猛，人們都想辦法離它遠遠的，你卻愚蠢到把它關在這裡。」

**這個故事告訴我們，千萬不要去惹實力比自己強大的人，否則會自討苦吃。**

# 65 牧人和狼

有隻剛出生的小狼被牧人看見了，牧人便把它抱回家養了起來，與小狼一起生活的還有牧人的幾隻狗。

長大後的小狼，當發現有狼來叼羊時，就和狗共同去追趕。狗因為無法追上便返回了，但狼卻沒有停下，直到趕上那隻叼羊的狼。因為同為狼，它便會分得一些羊肉，飽食之後才會回去。假如很久沒有狼來叼羊，這隻狼便會悄悄地咬死一隻羊，和狗一起分吃掉。後來，牧人發現了狼做的這些事情，就用繩索把它吊在樹上，最終被折磨致死。

**這個故事告訴我們，想要改變惡人的本性不是那麼容易的。**

# 66 牧人和羊

牧羊人趕著羊群來到了一片橡樹林裡。林中有棵橡樹不僅長得高大，而且結的橡子也多，橡子掛滿了整棵樹。牧人看到後，就脫下外衣鋪到地上，然後上了樹，想搖下來更多的橡子。

站在樹下的羊在吃橡子時，不小心連同牧人的外衣也一塊吃了。回到樹下的牧人看到後，生氣地對羊說：「壞東西，別人需要做衣服時，你們奉獻出自己的羊毛；我辛辛苦苦給你們糧食吃，你們卻吃掉了我的外衣。」

**世上有很多糊塗人，他們對外人很熱情，對自家人卻不好。**

# 67 牧人與海

海邊有一塊茂盛的草地，牧羊人常把羊群趕到這裡吃草。當他看到波瀾不驚的大海時，便決定漂洋過海做生意。在賣了所有的羊後，牧人在船上裝滿了採購來的棗子，便出海遠行了。令他沒想到的是，海上突然起了風暴，為了避免船隻下沉，他只得忍痛拋掉船上所有的東西，最終得以安全返航。

過了很長時間，有個人經過海邊，看到風平浪靜的景象忍不住高聲讚頌。牧羊人看到後，意味深長地說：「朋友啊，你知道嗎？大海這麼平靜，只是因為它又想得到棗子了。」

**這個故事告訴我們，人們擁有的一些知識是從失敗的教訓中得到的。**

# 68 牧人和小狼

有個牧羊人精心地餵養著幾隻小狼。他有自己的打算，他想：等這些小狼長大後，不僅可以幫我看護羊群，說不定還能去別人那兒給我搶到一些羊呢！過了一些日子，這些小狼長大了。他們不但沒有幫主人看護羊群，反倒咬死了主人的羊。

牧人悲歎道：「我真是自作自受！我為什麼要辛辛苦苦地餵養這些小狼呢？長大後的狼原本就是應該要殺死的。」

**這個故事說明，幫助壞人作惡的人，不但助長了壞人的勢力，還可能會先受到壞人的攻擊。**

# 69 牧人和山羊

有個牧人趕著羊群去吃草，一隻山羊離開了羊群，牧人為了讓他回來，又是叫喊，又是向他吹口哨，但這隻羊還是頭也不回地向別處走去。

無奈之下，牧人拿起一塊石頭朝山羊扔去，沒想到正打在山羊的角上，把羊角打斷了。牧人便向山羊請求，因為他不想讓主人知道這件事。

聽了牧人的話，山羊說：「在所有的牧人中就屬你最愚蠢了。我即使不跟主人說這件事，他看了我的角也會知道的。」

**這個故事告訴我們，當事情的結局已經一目了然時，極力掩飾便是愚蠢的舉動。**

# 70 獵人和騎馬的人

有個獵人打獵回來，身上背了一隻兔子。他正在路上走著，一個騎馬的人來到他的身邊說想買這隻兔子。獵人就把兔子遞給了他，沒想到騎馬的人卻騎著馬跑走了。獵人急忙去追那人，雖然使出渾身力氣，但他們還是離得越來越遠，獵人只好放棄了。

望著遠處漸漸消失的騎馬人，獵人無奈地說：「你不用回來了，那隻兔子就歸你所有吧！」

**這個故事告訴我們，有些人假裝高興地把自己的東西送給別人，其實那並不是他們的本意。**

# 71 彈唱人

有個彈唱人沒有音樂天賦，但他總是不停地彈唱。他在彈唱時，房內總會有回聲，這是他最愛聽的。每當聽到回聲，他便自我感覺良好，因為他認為自己天生有一副好嗓子，他覺得自己有必要到舞臺上去一展才華。

有一次他去參加演出，當他彈唱時臺下噓聲四起。因為他唱得非常差勁，甚至有人拿著石頭扔他，最終把他轟下了臺。

**正像這個故事講的那樣，有些人平時誇誇其談，但是一到了正式場合就會露出馬腳。**

# 72 吹簫的漁夫

有個漁夫喜歡吹簫，一天他來到海邊，選擇站在一處較高的岩石上面。他隨身帶著簫和魚網，先取出簫開始吹，他想魚兒在聽了這動聽的音樂後一定會從海裡跳出來。很長時間後，他沒有看見一條魚出來便停止了吹簫，拿起網開始捕魚。不一會兒，就收穫了許多魚。漁夫把捕到的魚倒在地上，只見每條魚都活蹦亂跳。漁夫說：「壞傢伙們，我為你們吹簫時，你們不知舞蹈；如今，沒有簫聲了，你們卻跳得這麼歡快。」

**這個故事針對的是做事分不清形勢和現狀的人。**

# 73 漁夫與鮪魚

有幾個漁夫出海捕魚，忙碌了很長時間，卻沒有捕獲一條魚。心情低落的漁夫們回到船裡坐了下來。

正在這個時候，一條鮪魚為躲避追捕，飛快地向他們游了過來，正好撞進了漁夫的船中。欣喜若狂的漁夫們合力捉住了這條鮪魚，賣到了市場上。

**這個故事是說，有時靠技能做不好的事，反而能通過好運氣辦到。**

# 74 捕到石頭的漁夫

有幾個漁夫在一起捕魚。他們下網後往回拉時，猜想漁網裡一定有許多魚，因為網子非常重，大家都欣喜若狂。等他們拉網上岸時卻大失所望，網裡居然連一條魚也沒有，全都是石頭和其他的東西。他們感覺很沮喪，不是因為一條魚都沒有，而是現實與之前的希望落差太大。

一位年長的漁夫對他們說：「夥伴們，幹嗎要難過呢？我們先前已快樂過了，雖然現在感覺痛苦，但我們知道快樂和痛苦本來就是相依相隨的。所以，如今承受一點痛苦也是理所當然的。」

**這個故事告訴我們，每一件事隨時都可能發生變化，即使遭受打擊也不要灰心喪氣。**

# 75 漁夫和鰮魚

有個漁夫捕獲了一條鰮魚。這條鰮魚苦苦哀求漁夫先把他放了，等將來有一天他長大了再把他捕來會更好些，因為現在他還太小。

聽了鰮魚的話，漁夫對他說：「我可不是個傻瓜。我怎麼可能會為了那遙不可及的希望，而放棄現在已經得到的好處呢？」

**這個故事告訴我們，已經得到的好處即使再小，也比難以企及的夢想來得實際。**

# 76 種菜人

一個種菜的人正在給蔬菜澆水，一個人來到他身邊，向他問道：「我看那些野菜總是長得很茂盛，而自己栽種的蔬菜卻長得不是很好。你能解釋一下這是為什麼嗎？」

種菜人說：「道理很簡單，因為野菜自有天意照料，而栽種的蔬菜必須依靠人力才能生長。」

**這個故事說明豐收是留給努力耕種的人。**

# 77 猴子和漁夫

有個漁夫在河裡張網捕魚，被樹上休息的猴子看在眼裡，猴子就認真學了起來。

漁夫中午去吃飯的時候，猴子就跳到船上模仿起漁夫捕魚。可是不知怎麼回事，猴子剛把漁網拿起來，便被纏在了裡邊，差一點被勒死。

猴子對自己說：「我真是自作自受！怎麼會想到要去捕魚呢？我以前可是從沒有學過呀！」

**這個故事告訴我們，做和自己的本職風馬牛不相及的事，非但做不好，還可能會對自己造成傷害。**

## 78 種菜人與狗

種菜人餵養了一隻狗。一天，這隻狗不小心掉到了井裡，種菜人想也沒想便跟著跳進了井裡想救出他的狗。當狗看到主人時，以為主人來是想按著他的頭讓他盡快淹死。有了這種想法，狗便對種菜人有了敵意。當種菜人離他很近時，他猛轉過頭，朝著主人咬了一口。疼痛難忍的種菜人開始向井口爬去，邊爬邊說：「我真是自作自受！我何必要去救他呢？我這麼好心又是為了什麼呢？」

**這個故事適用於那些背信棄義、忘恩負義的人。**

# 79 捕鳥人與眼鏡蛇

一個捕鳥人去野外捕鳥，他隨身帶著黏鳥用的膠水和竹竿。看到一棵高大的樹上有一隻小鳥正在休息，他打算去捉住這隻鳥。接下來，他把黏鳥的竹竿接得很長，然後抬起頭目不轉睛地望著那隻停留在樹上的鳥。

就在他專心致志地等候時，沒有留意腳邊有一條眼鏡蛇正在休息，他一不小心踩了上去。蛇急忙回轉過了身體，咬了捕鳥人一口。蛇毒浸進了捕鳥人的身體裡，他在臨死前對自己說：「我真是不幸啊！我只想著怎樣去捕捉那隻鳥，卻不曾想到會遭受傷害，還為此失去了性命。」

**同樣，那些盤算著陷害別人的人，往往自己會先遭遇災難。**

# 80 小偷與公雞

一戶人家裡進來了幾個小偷，因為沒有發現什麼有價值的東西便準備離開。走之前，他們看到這家有一隻公雞便把他偷走了。

公雞在被宰之前，苦苦哀求這些小偷讓他回去，原因是人們很需要他，每天他都用啼叫喚醒人們，讓他們趕快去工作。

聽了公雞的這番話，小偷說：「如果是這樣的話，你就更不能活了，人們都被你叫起來了，我們還怎麼去盜竊呢？」

**這個故事告訴我們，好人希望看到的，同時是壞人最不希望看到的。**

# 81 醫生和病人

有個人生了病，醫生沒能治好他，埋葬他時，這個醫生說：「這個人要想活命，當初就不該再喝酒。」

有個送殯的人說：「聰明的醫生，你既然這麼有先見之明，怎麼不在他活著的時候告訴他這些話呢？現在他已經死了，你說這話還有什麼用呢？」

**這個故事告訴我們，當別人需要幫助時，我們要盡快伸出援手；假如事情敗局已定，就不要再說空話。**

# 82 人和羊人⑩

很久以前，有個人和羊人結為好友。冬天，因為太冷了，這個人就用嘴對著手哈氣。羊人不理解，問他這樣做的原因。他回答說：「我這樣做是為了讓冰冷的手溫暖些。」

隨後，他們在一起吃飯，因為肉太熱了，這個人又用嘴對著肉吹氣。羊人感覺很奇怪，便又問他原因，他對羊人說：「我這樣做是為了讓熱的食物涼下來。」聽了這個人的話，羊人說：「我不能和你這個人再交朋友了，因為你的嘴裡有時吹出的是熱氣，有時吹出的是冷風。」

**這個故事告訴我們，千萬不能與那些反覆無常的人交朋友。**

⑩羊人：古希臘神話傳說中的一種山野小神，頭部像羊，還長著羊尾巴。

# 83 沉船落難的人

在雅典有個有錢人，他和許多人一起出海遠行，突然颳起了大風，猛烈的海風掀翻了他們的船隻。

當所有的人都在拼命游向岸邊時，這個雅典富人卻只是在向雅典娜許願，他說如果能讓他活下來，他一定會供奉許多物品。有個同行的人經過他時，好心地說：「當雅典娜給予你幫助時，你自己也應該努力一下啊！」

**這個故事是說，當我們遇到困難時，不僅要期盼會有好運降臨，自己也要做一些實際的努力。**

# 84 吹牛的運動員

有個運動員每當參加五項競技時總是缺乏膽量，為了不再遭受同伴們的責怪，他選擇了遠走他鄉。

過了一些日子，他回到了家鄉，逢人便誇耀說自己曾多次在其他城市參加比賽，並且表現得很出色，尤其是在羅德島參加跳遠比賽時，所有奧林匹克選手都輸給了他。接著，他又說，如果能有一個當時觀看過他比賽的人在這裡，就會證明他說的全都是真的。

他說完後，人群中有個人來到他身邊說：「朋友，你說的也許都不假，其實完全沒有必要見證人，如今你就可以把這裡當作是羅德島，你跳過之後一切就真相大白了。」

**這個故事告訴我們，行動是鑑定事實真偽的有效證明。**

# 85 凶手

有個人被許多人追趕，因為他把人家的一個親屬殺死了。為了活命，他拼命逃跑。當他到達尼羅河時，發現那兒有一隻狼，心驚膽戰的他只能爬上了河邊的一棵樹藏了起來。忽然，他發現頭頂上正有一條蝮蛇望著他，無奈之下，他只能選擇跳入水中，沒想到被河裡鱷魚吞食掉了，原來那條鱷魚一直在等著他。

**這個故事告訴我們，作惡多端的人終究難逃懲罰。**

# 86 白髮男人與他的情人們

一個年老的男人結識了兩個不同年齡的女人，一個比自己年輕，另一個則比自己年長。接觸久了，這個男人和這兩個女人分別成了情人。

比他小的那個女人不想讓別人知道她的情人比她老，每當他們見面時，這個女人就把他的白頭髮拔掉一些；而那個老女人想的卻是別人如果知道我的情人比我小一定會嘲笑我的，所以她每次都會拔掉這個男人的一些黑頭髮。如此一來，沒過多久，這個男人一根頭髮也沒有了。

**不相稱的事情通常沒有好的結局。**

# 87 燒炭人與漂布人

在一間屋子裡，有個燒炭人正在整理他的木炭。當他看到有個漂布人將要在附近住下時，便興奮地與他說話，希望他們兩人能共同生活，理由是他們住在一起可以省下一些開支，還能加深彼此的友情，工作時也能互相幫助。

聽了他的建議，漂布人說：「你說的或許都不假。但日後你的木炭一定會弄黑我漂好的所有布料，所以我不能和你住在一起。」

**這個故事是說，不同類型的人很難相處在一起。**

# 88 瞎子

有個人雖然眼睛瞎了，但特別善於用手摸來鑑別動物，他總能一下子就說出摸過的動物的名稱。

一天，他的手中被別人放了一隻小山貓，他摸了一會兒遲疑地說：「這會是什麼呢？狼？狐狸？或者是和他們同類的其他動物？我不能確定。但我可以肯定地說，這隻小動物是絕對不能放在羊群中間的。」

**這個故事告訴我們，有時通過觀察一個人的外表，就能大致判斷出這個人的品性。**

# 89 天文學家

有位天文學家每天晚上都會從家裡走出戶外觀察星象，這是他最喜歡做的。一次，他又來到了郊外，只見他仰著頭專心地望著天空，卻沒留意腳下有一口井，一腳踩空掉了下去。他急忙高聲呼救。過了一會兒，井口來了很多附近的居民，這些人都認識這位天文學家。他們對井裡的天文學家說：「朋友，你怎麼能只顧著看天上，而忽視地上的事物呢？」

**這個故事告訴我們，每一個人要先做好最基本的事，再去作更長遠的打算。**

# 90 欠債人

有個雅典人欠了別人很多錢，總是被人催著償還。一開始，他藉口暫時缺錢，過些日子就可以還了。被拒絕後，這個人就把他唯一的老母豬趕過來，讓債主親眼看著他把老母豬賣掉。

一個想買豬的人過來問他：「你這隻母豬還能不能生小豬？」這人聽了，趕忙說：「當然能！這豬還很神奇，在我們慶祝土地女神節時，它會產下母崽；在雅典娜節它就生下公崽。」那人聽了感到十分驚訝。這個人又說：「這些都不算什麼。它最厲害的是還能生小山羊，並選擇在過酒神節時生。」

**這個故事是說，有些人為了謀求私利，會睜著眼睛說瞎話。**

# 91 黑人

有個人買了一個奴隸，是個黑人。當他把這個奴隸帶回家後，立即用肥皂和水將他徹底清洗一番，因為他覺得這個人原本不黑，之所以會變得這麼黑是因為他以前的主人太粗心大意了。

可是，無論他怎麼努力，都不能使這個奴隸的膚色發生任何改變，而他卻病倒了，因為過度清洗導致他太勞累了。

**這個故事告訴我們，事物會始終保持與生俱來的特點。**

# 92 女主人和女奴們

有幾個女奴隸在一個寡婦家裡做事。因為自身的勤勞，這個寡婦總想讓她的女僕們多為她幹些活。

寡婦的公雞總在晚上鳴叫，當聽到公雞的叫聲，這些女僕們就得起床幹活。女僕們實在太累了，她們從早忙到晚，連一點休息的時間也沒有。一想到晚上公雞要叫，而後她們便要被迫起床，她們就想掐死那隻可惡的公雞。

終於，她們悄悄地掐死了公雞。此後，她們發現日子不但沒有好轉，反而更糟糕，因為沒有了公雞的鳴叫，女主人分不清時間，只能提前去叫這些女僕起床了。

**這個故事說的是，一些人的不幸是自己的盤算造成的。**

# 92 庸醫

很久以前，有個醫生不學無術。一個人生了病請他去看，他說這人的病很嚴重，可以準備後事了，而且他還信誓旦旦地說：「你最多只能活到明天。」可是其他的醫生都說沒有什麼大礙，只要休息一些日子病就會好的。

不久之後，這個生病的人好了許多，只是臉色還有點蒼白。有一天，他出去散步，遇見那個不學無術的醫生，醫生向他問好：「你好！如今在地下的那些人都如何啊？」

聽了他的問話，這個病人說：「他們都很好，很寧靜，因為他們都飲用了忘河裡的水。只是前一段時間醫生們醫治了太多的病人，導致死的人太少，死神和冥王都很生氣，為了嚇唬這些醫生便記下了他們的名字。就在死神和冥王要登記你的名字時，我急忙跪在地上請求他們放了你，並向他們保證你只不過是被別人當作了醫生，其實你根本不是。」

**這個故事適用於那些不學無術，專門靠坑蒙拐騙過日子的人。**

# 93 愛錢的人

有個貪財的人經常到牆角下看他的金子，這些金子是他賣了財產換來的。他去的次數多了，引起鄰近一個農夫的注意。農夫觀察了他幾次後，知道了他經常到這裡來的真相，便在他離開後偷走了他埋藏的所有金子。當這個人發現金子被偷後痛苦萬分，扯著頭髮大聲地哭泣。

一個過路人得知他難過的原因後，勸說道：「不要再難過了！當初你把金子埋在這裡從不使用，這和沒有金子是一樣的。如今，你可以在這裡再埋塊石頭，權當是金子就好了。」

**這個故事告訴我們，有錢捨不得花，和沒有錢一樣。**

# 93 占卜者

有個人在市場上為別人占卜，因為生意好賺了許多的錢。突然，有個人跑來對他說，他家被盜了，盜賊偷走了家裡所有的東西。占卜者驚訝不已，急忙離開座位往家跑，他要去看一下被盜的情況。

他身邊的一個人對他說：「你不是能把別人的禍福算出來嗎？怎麼沒有預料到自己將要發生不幸呢？」

**這個故事針對的是那些連自己的事情都處理不好，卻要對別人的事情指手畫腳的人。**

# 94 女人和酗酒的丈夫

有個男人嗜酒成性，他的妻子為了讓他戒酒，做了這樣一件事。

她先找了一個墓坑，然後背來喝醉酒的丈夫，並把他放進墓坑裡。因為丈夫醉得不醒人事，所以也不知道發生了什麼事。過了很久，這個女人又來到墓地，她猜想丈夫可能已經酒醒了。敲了墓門後，她聽到丈夫在裡邊問：「是誰在外邊？」

她便回答說：「我帶了些吃的東西給已過世的人。」

她聽丈夫又說道：「朋友啊，我只需要一些喝的東西，你怎麼會給我送來吃的東西呢？我一聽你說只有吃的東西而沒有喝的，心裡就不舒服。」聽了這些話，這個女人打起精神說：「我真是倒楣啊！我已經盡力了，可為什麼沒有一絲成效呢？我的丈夫啊，你為什麼越來越糟糕，沒有一點好轉呢？」

**當你沉迷於惡習之中，這些惡習會在不經意間變成了習慣，要戒除就難了。**

# 95 丈夫與怪癖的妻子

有個婦人性格古怪，她和家裡的每一個人都處不好關係。一天，她的丈夫用一個很好的理由送她回了娘家，目的是為了知道她與娘家人相處是否融洽。

沒過幾天，丈夫看到妻子回來了，便問她娘家人對她好不好。她說：「最不給我好臉色的就是那些餵養牛羊的牧人們。」聽了她的話，丈夫說道：「妻子啊，如果那些連每天辛苦工作的牧人們都不能和你融洽相處，我們這些人又該如何對待你呢？我們可是每天都生活在一塊兒啊！」

**這個故事告訴我們，通過一些不起眼的小事，往往能看出事情的本質。**

# 96 化緣僧

有幾個化緣僧人外出時總會帶著一頭驢，這頭驢可以幫他們馱行李。有一天，這頭驢勞累致死。這幾個僧人就把驢皮剝下來，做成了鼓用來擊打繼續化緣。

途中，他們又碰到了幾個化緣僧，那些人問他們：「怎麼沒有見到你們的驢啊？」他們說：「我們的驢早就離開這個世界了。幸好它已死了，否則對於現在遭受的敲打一定會承受不了的。」

**這個故事告訴我們，一些人雖然已經改變了身分，但是他們擺脫不了往日歲月留下的印跡。**

# 97 女巫

有個女巫誇耀說：「當眾神生氣時，只要聽到我念的咒語便能安靜下來。」憑著這一點，她到處行騙，搜刮了很多錢財。

可是有一天，她被人告到法庭，理由是褻瀆神靈。最終，她被法庭判處死刑。行刑那天，在去刑場的路上，有個人向她說道：「你這個女人，你不是說你的咒語能讓眾神息怒嗎，現如今面對凡人的怒氣，你怎麼就束手無策了呢？」

**這個故事說明，經常吹噓能成大業的人，有時可能連很小的事情都做不好。**

# 98 老人與死神

有個老人上山去砍柴，下山時，由於路途遙遠，柴又太重，他感覺非常吃力。終於，他實在累得走不動了，便把柴放在地上開始呼喚死神。

死神來到老人面前，想知道老人呼喚他的原因。老人告訴死神，說：「儘管我已經筋疲力盡了，但還是請你把這捆柴放在我的肩上。」

**這個故事告訴我們，即使生活中有再多的苦難，每個人還是會愛惜生命，選擇生存下去。**

# 99 老太婆和醫生

一個老太婆患了眼疾，一個醫生被請去給她看病，他們商議治好後再付錢。此後，醫生經常來給老太婆的眼睛敷藥，每次他都要從老太婆的家偷走一樣東西。當這個醫生治好了老太婆的眼睛後，老太婆家的東西也被偷完了。

隨後，當醫生索要治療費時，老太婆說什麼也不願意給，她便被醫生帶到了長官那裡。在長官面前，老太婆說，她以前的確說過治療後付錢，前提是她的眼疾必須徹底治癒，但醫生給她治療後，她的眼睛不但沒有被治好反而更加糟糕了。因為治療前還能看清楚家裡所有的東西，此時卻什麼也看不見了。

**這個故事是說，人在做壞事的時候總會留下把柄。**

# 100 母親和她的女兒們

有個婦人的兩個女兒都已出嫁了，一個女婿是種菜的，另一個是做陶器的。閒來無事，這婦人來到種菜的女兒家裡，母女倆聊了些生活中的瑣碎事。當婦人向女兒打聽過得如何時，女兒對她說：「母親，你要為我們祈禱能常下雨。因為田地有了充足的水分，才能收穫更多的蔬菜。」

婦人離開後又去了做陶器的女兒家裡。女兒和女婿都在家，她們便坐下聊起了家常。這個女兒對母親說：「母親，別的倒還沒什麼，只是我們需要天氣再暖和些，土坏子才會乾得更快。你要幫我們祈禱天不再下雨，永遠是晴天。」聽了這個女兒的話，母親說：「這真是讓我為難，剛才你姐姐還說希望能夠多下雨，現在你又盼望天氣變晴，我究竟該如何祈禱呢？」

**這個故事告訴我們，若是同時去做兩件截然相反的事，哪一件都不會成功。**

# 101 寡婦和母雞

有一個寡婦每天都會收穫一個雞蛋，這是她餵養的那隻母雞下的。一天，她開始給母雞餵大麥，而且還餵得很多，她認為這樣做可以讓母雞每天多下一個蛋。此後，她天天如此。最後，她的那隻母雞肉長得越來越多，可是卻不會下蛋了。

**這個故事是說，貪心的人很多時候不但得不到更大的好處，反而會失掉原有的東西。**

# 102 嘔吐內臟的小孩

在野外，有個人邀請鄉鄰來吃酒席，因為他將殺牛祭神。有個窮苦人家的婦女帶著孩子也來赴宴。

吃了一會兒酒席，那個婦女的孩子感覺肚子很脹，因為他喝了很多酒，吃了很多牛的內臟。他難受得要命，急忙叫母親：「媽媽，我太痛苦了！內臟都要被我吐出來了。」他的媽媽聽了，說道：「孩子，你要吐的只是你吃的內臟，並不是你自己的。」

**有的人借錢時不假思索，到了還錢時卻不情願，感覺是把自己的東西平白無故地給了別人，這個故事就適用於這類人。**

# 103 兩個仇人

兩個仇人碰巧乘坐同一條船，一個在船頭，一個在船尾。原本風平浪靜的水面突然颳起了大風，眼看著船就要沉沒了。

坐在船尾的那個人焦急地問開船的人：「這船哪邊會先沉呢？」開船的人回答：「船頭會先沉。」聽到這話，船尾的人高興得笑了。

為什麼呢？因為他覺得他的仇人會比他先死。

**這則寓言告訴我們，人如果被仇恨蒙住了眼睛，就會覺得報復仇人比什麼都重要。**

# 104 被狗咬的人

一個人被狗咬傷了，他找了很多醫生來看病，但所有醫生對他的傷都無能為力。有一個人知道這種情況後，給他出主意說：「你的傷口處有這麼多的血，你可以先拿塊麵包把它擦乾，然後找到咬你的那條狗，讓那條狗把這塊麵包吃了。這樣你就沒事了。」聽了這個人的建議，他說：「假如我照著你說的去做，我想將來我一定會被這裡所有的狗追著咬。」

**這個故事說明，如果助長了一個人的壞習性，會使這人更加猖狂。**

# 105 旅途中的第歐根尼⑪

第歐根尼是犬儒派的代表人物。一天，他要到遠處去。途中，一條水流湍急的河擋住了他的去路。站在岸邊，他不知該如何過河。

有個人看到第歐根尼遇到了困難便向他走來，這個人經常背別人過河，這次他把第歐根尼背過了河。從他的背上下來後，第歐根尼連連稱讚這個人心地善良，可是自己實在太貧困了，否則一定要好好報答這個好心人。

他還在想這件事時，那人又過河去背另一個遇到同樣困難的人。等那人背著另一個人過來時，第歐根尼對他說：「我本來還想為剛才的事感謝你，但現在不會了。我以為你背我過來是因為看重我，現在我算是明白了，你如此做只是因為你有這種嗜好。」

**這個故事是說，如果對愚蠢的人行善心的話，不僅不會得到感激，反而會受到責罵。**

# 106 朋友與熊

有一對關係很好的朋友結伴而行，途中遇見一隻熊向他倆走來。他們中的一個人飛快地爬到了樹上，讓樹葉遮擋住自己。剩下的那個人知道來不及逃跑了，便躺在地上裝死。因為他曾經聽說熊只吃活人。熊來到他身旁，聞了聞便走開了。

藏在樹上的那個人下到地面上後，就問同伴聽到熊說了什麼。他的朋友婉轉地說：「我聽熊說，以後再選擇同行的夥伴時，一定要選擇那些能夠共患難的朋友。」

**這個故事告訴我們，只有遇到困難時才知道哪些朋友是真心的。**

⓫第歐根尼：大約生活在西元前四世紀，古希臘犬儒派哲學的代表人物。犬儒派堅持過最原始的自然生活，所以第歐根尼一生都處於極端貧窮之中。

# 107 沉船落難的人和海

有個人遇到海難，被海水沖到岸邊，因為太過勞累，他就在岸邊睡著了。過了一會兒，他醒了過來後看著溫和的大海，心中滿是怨言：「你平時的樣子都是裝出來的，為的是把人引進去，然後又變得凶殘把人毀滅。」

「我本是溫和的，」海化作人形說：「只是風吹過來，吹起了波浪，才使我變得凶殘。你不應該責備我，而是應該責備使我變得凶殘的風。」

**這個故事告訴我們，如果做壞事的人是被人唆使的，那我們應該更嚴厲地責備唆使別人做壞事的人。**

# 108 樵夫與橡樹

一個樵夫在砍橡樹的時候，先把橡樹的樹枝砍下來，把砍下來的樹枝做成楔子，然後用楔子非常容易就能把橡樹劈開了。

橡樹說：「相比斧子而言，我更恨從我身上生出來的楔子。」

**這則寓言告訴我們，比起被別人傷害，被自己身邊的親朋好友傷害更令人感到難受。**

# 109 病人和醫生

有一個人生病了，去看醫生。醫生問他：「你哪不舒服啊？」他回答：「我老是出汗。」醫生說：「這是好事，挺好的。」

第二次，醫生又問他身體怎麼樣，他哆嗦著說：「我老是冷得發抖。」醫生還是說：「這是好事，挺好的。」

第三次，醫生問他哪不舒服，他回答說：「我全身都腫起來了。」醫生的回答還是和前兩次一樣。

後來，他的一個親戚問他：「你的情況怎麼樣啊？」

病人回答：「我會送命的，就因為這些好事。」

**這則寓言告訴我們，有時候，我們並不喜歡那些只會揀好話說的人。**

# 110 樵夫與荷米斯

有一個樵夫坐在河岸邊上哇哇大哭，原來是他在河邊砍柴的時候，斧子掉到了河裡。

荷米斯知道後，很同情這個樵夫，於是他跳到河裡，幫樵夫撈斧子，第一次撈起來一把金斧子，他問：「這是你的嗎？」「這不是我的。」樵夫回答說。荷米斯又接著撈，這次撈上一把銀斧子，又問：「這是不是你的呀？」樵夫看了看，說：「這不是我的那把斧子。」荷米斯又跳下去，撈到了樵夫掉下去的那把斧子，樵夫一看到這把斧子就說：「這是我的斧子。」

荷米斯覺得這個樵夫很誠實，就把之前的金斧子和銀斧子都送給了樵夫。樵夫回到家，把這事和朋友們說了一遍。

其中有一個人聽了之後很嫉妒，決定去試試，於是他也帶著一把斧子來到河邊，然後故意把斧子扔到河裡面，接著坐在河邊開始哭。

荷米斯看到之後，就過來問他怎麼了，他說：「我的斧子掉到河裡面了。」荷米斯聽後就下河幫他撈斧子，撈上來一把金斧子，問他：「這是不是你的啊？」那個人高興地說：「對，對，這是我的斧子。」

他的不誠實和貪婪讓荷米斯很不高興，於是不但沒給他那把金斧子，就連他故意扔下去的那把也沒給他。

**這則寓言告訴我們，只有誠實才會得到別人的幫助。**

# 111 年輕的浪子與燕子

家傳的祖業被年輕的浪子揮霍一空，只剩下了一件穿在身上的大衣。有一隻燕子還沒到季節就提早飛回了北方，浪子看到燕子以為春天到了，不需要再穿大衣，於是就把大衣拿去賣了。

沒過多久，寒冷的北風吹起，天氣變得很冷，浪子只好四處找地方躲藏。他看到地上被凍死的燕子，生氣地說：「燕子啊，燕子，你把我倆都害死了。」

**這個故事是說，萬事萬物都要遵循規律，否則是很危險的。**

# 112 行人與梧桐樹

夏天的一個中午，幾個人正行走在路上，天氣實在是太熱了，他們非常勞累，急需坐下休息一會兒。

他們發現路旁有一棵樹葉茂密的梧桐樹，樹下有一大片陰涼地，於是他們便都躺到樹下休息。看著梧桐樹上那寬大的樹葉，他們大發感慨：「這樹對人實在沒有一點好處，它又不結果實。」

聽了這些人說的話，梧桐樹生氣地說：「你們可真是忘恩負義！一邊正享用著我帶來的陰涼，一邊卻還責怪我無用，說我無法結果實。」

**這個故事是說，有些人背義忘恩，既接受了別人的恩惠，還要去詆毀人家。**

# 113 行人

兩個人一起在路上走，其中一個人撿到一把斧子，另外一個人對他說：「我倆撿到了一把斧子。」撿到斧子的那個人對他說：「不要說『我倆撿到了斧子』，請你說『你撿到了斧子』。」

沒過一會兒，丟斧子的人就來追他們了。眼看著就要被追上了，撿著斧子的人對同伴說：「丟斧子的人追來了，我們完蛋了。」同行的人說道：「不好意思，請你說『我完蛋了』，不要扯上我，因為你在撿到斧子的時候，並沒有把它當作我倆共有的財產，只把它當作是你自己的。」

**這則寓言告訴我們，如果你有福時不想與人同享，那麼當你有難的時候也不會有人和你同當。**

# 114 行人和幸運女神

有一個行人經過了漫長的跋涉，感到非常疲累，竟然在水井邊上就睡著了，並且眼看著就要掉到水井裡面去。

這時，幸運女神出現在他的身旁把他叫醒，對他說：「你要是掉下去了，你一定會責怪我，而不是責怪自己不小心。」

**其實，很多人都是這樣，自己造成的傷害，卻總是責怪別人。**

# 115 行人與烏鴉

有幾個人同行去辦事，正走在路上時，一隻烏鴉向他們飛了過來，這隻烏鴉瞎了一隻眼睛。他們仰頭望了望，其中一個人便勸大家趕快返回去，因為這隻烏鴉是不祥的預兆。

另外一個人說：「你怎麼會這麼認為呢？烏鴉怎麼知道將來要發生什麼呢？它要是知道的話，就不會讓自己的眼睛被弄瞎了。」

**這故事說明，連自己的事情都考慮不周的人，是沒有理由對別人做的事指手畫腳的。**

# 116 行人和枯樹枝

在海邊，有幾個人正在行走，他們急於去某個地方，想看看這裡有沒有船。他們站到高處遙望海面，發現遠處有艘大船正向這裡駛來，便在岸邊等待，其實他們望見的只是一捆枯樹枝而已。

過了一會兒，枯樹枝離他們更近了，他們發現駛來的不是一艘大船，而只是一條小船，雖然沒有想像中的大，但他們仍然耐心地期待著。等到這捆枯樹枝漂到他們面前時，他們大失所望。

為此，他們互相發著牢騷：「真是倒楣！白白等了這麼長時間，一點用處都沒有。」

**在生活中，有些人往往看上去不可一世，但在現實面前往往不堪一擊。**

# 117 行人與荷米斯

有個人在經過遠途旅行後，向荷米斯許願說，如果有什麼財寶讓他發現了，他一定會向荷米斯供奉其中的一半。

果然，他發現地上有一個袋子，便趕快拿了起來，他認為那裡邊肯定是銀子，其實袋子裡只有乾棗和杏仁。他把袋子翻了個底朝天，結果只看到了吃的東西。

當他吃了所有的棗子和杏仁後，就在祭壇上留下了棗核和杏仁殼，還念念有詞地說：「荷米斯神啊，我發現了一些吃的東西，現在我連果皮帶果肉全都供奉給你，請你收下我曾經向你許願的物品吧！」

**這個故事告訴我們，貪婪的人對誰撒謊都敢大言不慚。**

# 118 捕鳥人和蟬

樹上有隻蟬在不停地鳴叫，有個捕鳥人經過時想要捕捉它，他以為這一定是個大動物。在捕捉的途中不斷地聽到蟬鳴，他一直在猜想這種動物的個頭究竟有多大。

他發揮自己捕鳥的特長，終於捕獲了這隻不停鳴叫的蟬，但他大失所望，因為他發現這隻獵物實在是太小了。他很懊惱，因為他的猜想欺騙了他。

**這個故事說明，在生活中，愚蠢的人有時總要刻意顯得比別人聰明些。**

# 119 人和螽斯

有一個貧困潦倒的人在莊稼地裡逮蝗蟲。無意間，他逮到了一隻螽斯，這隻螽斯的叫聲特別響亮，這個人想掐死這隻螽斯。

螽斯哀求道：「你放了我吧！我從不損毀樹枝，也從不破壞穀穗，為了讓每天經過這裡的人高興，我不斷摩擦我的翅膀和腿，使我的聲音更協調、更嘹亮。你找不到我的缺點，不能毫無理由地掐死我啊！」

聽了螽斯說的這番話，這個人就讓螽斯重新回到了莊稼地裡。

**這個故事是說，生活中最可怕的是那些口蜜腹劍的人。**

# 120 捕鳥人和山雞

捕鳥人有一隻山雞，這隻山雞在他的馴養下很通人性。一天，捕鳥人家裡來了個客人，由於是突然來訪，家裡缺少招待的食物，捕鳥人便打算宰了那隻山雞。

當山雞眼看大禍臨頭，便對主人說自己曾經引誘來了許多隻山雞讓主人捕殺，為主人做過那麼多的事，如今主人卻不念舊情想要宰了他。

聽了山雞的話，捕鳥人說：「你對你的同類都要加以陷害，今天你就更得被宰了。」

**這個故事告訴我們，為了利益而傷害親人的人，不但會受到親人的唾罵，得到好處的人也會對他反感。**

# 121 捕鳥人和鸛

捕鳥人為了捕捉鶴，便在樹林裡張了個網，然後就在遠處躲藏起來，只等待有獵物飛入網中。不久之後，捕鳥人跑向那張網，網裡已捕獲了幾隻鶴和一隻鸛鳥。

鸛鳥苦苦哀求捕鳥人不要捕捉他，因為他總是為人類消滅蛇和別的害蟲，他對人類沒有一點壞處，只有好處。

聽了鸛鳥的哀求，捕鳥人說：「就算你不壞，可與你同行的為什麼都是壞人呢？就因為這樣，你也應該為此付出一定的代價。」

**這個故事是說，當與壞人交往過密時，可能會被壞人所做的事情牽連上。**

# 122 捕鳥人和冠雀

一個捕鳥人拿了一張網正在設計陷阱，從遠處飛來了一隻冠雀，他想知道這個人在幹什麼，就飛過來詢問。

聽了冠雀的問話，捕鳥人對他說：「我正在創建一個新的城市。」隨後，他便離開了這裡，藏在遠處一個隱蔽的地方。

冠雀以為這個人說的都是真的，就向網裡飛去想看個究竟，結果被困在網中出不去了。當冠雀看到向他跑過來的捕鳥人時，便說道：「朋友，假如你準備採取這種方式創建新城市的話，我想你將來的市民一定不會多。」

**這個故事告訴我們，假如領導者缺乏人性，他的下屬會紛紛離他而去。**

# 123 愛開玩笑的牧人

有個牧人總喜歡和別人開玩笑。一天，他趕著羊群去離村子很遠的地方放牧。他又想到要開個玩笑，於是極力呼喊狼來了，他急需要獲得幫助。聽到他的求救，村裡人都急忙趕來，當確定這是個玩笑後，所有人便回去了。這個牧人連著開了兩三次同樣的玩笑，村裡人也跑來了兩三次。

令牧人沒想到的是，狼果真來了。這個人朝著村裡奮力呼喊，尋求幫助，但是再沒有一個人來了，因為村裡的人都認為他是在開玩笑。最終，狼把這個牧人的羊全都吃掉了。

**這個故事告訴我們，經常說謊話的人即使說了真話，大家也不會相信他。**

# 124 養蜂人

一天，養蜂人不在家，有個小偷溜了進來，偷走了所有的蜜和蜂巢。養蜂人發現蜜和蜂巢都不見了，就在蜂箱附近找尋。

這時，採蜜的蜜蜂回來了，當他們看到空蜂箱前的主人時就凶惡地螫他。養蜂人十分氣憤地說：「可惡的東西，當有人來偷蜂巢時你們無動於衷，我平日對你們關愛有加，今日你們卻恩將仇報。」

**這個故事是說，有些愚昧的人對朋友總是加倍防備，對敵人卻信任有加。**

# 125 人與駱駝

人們一開始沒有見過駱駝，初次見時感到很吃驚也很懼怕，都離它遠遠的，因為它長得太大了。

慢慢地，人們感覺駱駝不是那種脾氣暴躁的動物，便開始鼓起勇氣大膽地靠近它。又過了一段日子，人們清楚地知道駱駝是很溫順的動物，一點也不讓人感到害怕，便在它的脖子上套上韁繩，連小孩子都敢牽著它自在地行走。

**這個故事告訴我們，對事物熟悉與了解之後，才能打消心理的恐懼。**

# 126 人和獅子同行

一個人和一頭獅子結伴而行。人高聲地向獅子說：「獅子沒有人強大。」獅子對人說：「獅子比人強得多。」他們又繼續前行。

路邊有幾塊石碑出現在他們面前，石碑上畫著人們把幾隻獅子征服在腳下。這個人指著石碑跟獅子說：「你瞧一下，看我們人怎麼樣？」獅子不以為然地說：「獅子只是不會雕刻，否則你看到的石碑會畫著獅子把許多人征服在腳下了。」

**這個故事告訴我們，在沒本事的人面前炫耀的人，往往自己也沒什麼本事。**

# 127 人、馬和小馬駒

有個人出門時騎了一匹母馬，這馬已經懷孕了。行走中，小馬駒降生了。小馬駒跟著媽媽一起走，因為是剛出生，走了沒多長時間便筋疲力盡。

他向主人哀求道：「我太小了，實在沒法走太遠的路。假如被你丟掉不管，我一定會立即死去。你能不能考慮把我寄養在哪裡，等我長大了一定會讓你騎，以此來報答你的。」

**這個故事告訴我們，應該對那些知恩圖報的人行善。**

# 128 偷東西的小孩和他的母親

有個孩子放學後交給母親一塊寫字的石板，那是他在學校偷同學的。母親沒有責怪孩子的行為，還誇獎孩子有本事。過了一些日子，這個孩子又給了母親一件他偷來的大衣，母親很高興更加地表揚他。隨著時間的推移，這個孩子長大了，偷的東西也更大了。

一次，他正在偷竊時被抓到。當他雙手被綁即將被執行死刑時，看到痛哭流涕的母親就在他的身後，他向劊子手請求想和母親說句悄悄話。得到允許後，母親來到他的身邊，他便湊到母親的耳邊，突然使勁地咬住母親的耳朵撕扯了下來。

憤怒的母親責罵他不孝，說他馬上就要被砍頭了卻還把母親咬殘。聽了她的抱怨，兒子說：「我第一次把偷到的石板交給你時，你不但沒有責打我，反而表揚了我，所以造成我不斷地偷盜，最終落到被處死的下場。你說，我怎麼會不恨你呢？」

**這個故事告訴我們，小錯誤如果不及時制止，必將鑄成大錯。**

# 129 強盜與桑樹

很多人在追趕一個強盜，因為剛才他們看見這個強盜殺了人。一個過路人看到對面跑來的這個人滿身血跡，就問是什麼把他的雙手染紅了，這個強盜說他剛剛撞上了一棵桑樹。說話間，後邊的人追上來把他抓住，並吊在了桑樹上直到他死。

吊他的那棵桑樹對這個強盜說：「你不承認自己殺了人也就罷了，居然會把罪過推到我的身上。當他們要處死你時，我是樂意提供幫助的。」

**這個故事告訴我們，心地善良的人受到惡意誹謗時，也會義無反顧地奮起反擊。**

# 130 富人與製皮匠

有個製皮匠和一個富人是鄰居。因為製皮匠家裡的皮革總散發臭氣，富人實在忍受不了，就不斷強迫製皮匠離開這裡。面對富人的逼迫，製皮匠每次都是滿口應承，告訴他自己很快就會搬走的，但總是拖著沒有走。

隨著時間一天天過去，這事也就這麼僵持著。後來，富人不再為難製皮匠要他搬家了，因為他已聞了很長時間皮革的臭氣，慢慢也就習慣了。

**這個故事告訴我們，有時候習慣可以消除對一件事物不好的看法。**

# 131 富人和哭喪女

富人的一個女兒死了。埋葬時，他為了讓更多的人為女兒哭喪，就花錢請來了幾個哭喪女。

這富人還有一個女兒，她傷心地對母親說：「我們可真是可憐啊！我們自家有了喪事，自己無法更好地表達心中的悲傷，這些人和我們沒有一點牽連，卻來這裡失聲痛哭。」

聽了她的話，母親說：「孩子，你看到她們痛哭流涕的，其實一點也不奇怪，她們這麼哭只是為了錢。」

**有的人為了斂財，甚至不在乎別人的痛苦，這個故事說的就是這種人。**

# 132 號兵

很久以前，有個號兵被敵人抓住了，被抓之前他正在吹集合號。

他向敵人苦苦哀求道：「諸位，你們是沒有理由殺我的。我只是個號兵，除了這把銅號，我什麼武器也沒有，我也不可能傷害到你們中的任何一個。請放了我吧。」

聽了他的請求，敵人說：「如果事情像你所說的那樣，那你就更不能活了。雖然你沒有參加打仗，可是召集進攻的卻是你的號聲。」

**這個故事說明，慫恿他人作惡的人更加邪惡。**

# 133 膽小的士兵與烏鴉

有個士兵非常懦弱，一次他去打仗，途中碰見了烏鴉，一聽到烏鴉的叫聲，他就嚇得丟下武器站在原地不敢動。等了一段時間，他才把武器撿起來繼續趕路。一會兒之後，他又聽到了烏鴉的高聲尖叫，便站住對烏鴉說：「你們盡情地高聲啼叫吧，但是千萬不要把我吃了呀！」

**這個故事諷刺的是那些膽小懦弱的人。**

# 134 兒子、父親和畫上的獅子

有個老人生性懦弱，他只有一個兒子，打獵是這個兒子的最大愛好。一天，老人做了一個夢，他夢見一頭獅子咬死了他的兒子。為了防止兒子出意外，這個老人就把孩子關到一座剛剛建造完成的高懸在空中的房子，非常美觀。走進房間會看到牆壁上有各種動物的畫像，那是老人精心畫的，為的是讓兒子愉悅地住在這裡。當然，畫像中也有獅子。

那個孩子住到這裡後，每當看到這些畫像就感覺十分煩悶。一次，他看著獅子的畫像，生氣地說：「可恨的東西，如果不是因為你，不是因為我父親做的那個不真實的夢，我絕不會被囚禁在這裡。我一定要報復你！」他越說越憤怒，就抬手打向獅子的畫像，想讓獅子失去眼睛。想不到卻被牆上的一根釘子扎進了手，傷口不斷發炎，一直高燒不退，不久便死了。

最終，老人的兒子還是因獅子而死，他費盡心思的安排也沒能保護好孩子。

**這個故事告訴我們，當禍事必然要降臨時，是沒辦法阻止的。**

# 135 禿頭武士

有一個武士騎馬外出狩獵，他頭上戴著假髮，因為他的頭髮已經全掉光了。忽然來了一陣大風，把他的假髮吹掉了，同行的人不約而同地笑了起來，笑的聲音非常大。

這個武士先讓馬停下來，然後對著同伴們說：「這有什麼好笑的呢？現在從我頭上掉落的原本就不是我的頭髮，當初這頭髮的主人不也沒能把它留住嗎？」

**這個故事告訴我們，對於終歸要離開我們的事物，我們不必感到惋惜。因為是自己的終歸屬於自己；不是自己的，有時即使再努力也無法得到。**

# 136 黃鼠狼和銼刀

鐵匠鋪裡溜進了一隻黃鼠狼，它看見了一把銼刀便用舌頭去舔，沒料到舌頭被剮破了。看到自己的舌頭流了很多血，黃鼠狼卻感到很興奮，它認為舌頭雖然破了，卻獲得了鐵。

**這個故事針對的是那些爭強好勝卻最終使自己受到傷害的人。**

# 137 黃鼠狼和愛神

一隻黃鼠狼想成為一個女人，就去向愛神祈求，原來她喜歡上了一個年輕人，那個人長得很英俊。愛神被黃鼠狼的熱情打動了，就實現了她的願望。黃鼠狼變成漂亮的少女後，見那個年輕人對她心生愛意，便領他去了自己的家。

愛神在改變了黃鼠狼的樣子後，想知道她是否相應地改變了原本的習性，於是便趁這兩個人坐在屋裡時，放了一隻老鼠進屋。看到老鼠後，漂亮的少女急忙跑過去追捕，想要吃掉它，她完全忘記了此時自己的身分和處境。看到這種情況，愛神便讓黃鼠狼又恢復了原形。

**這個故事告訴我們，那些本性殘暴的人即便是改變了外貌，也無法改變習性。**

# 138 兩隻青蛙

有兩隻青蛙，一隻住在離道路很遠的池塘裡，而另一隻則住在道路正中央的小水坑裡。為了遠離危險，住在遠離道路的池塘裡的青蛙勸另一隻搬過來跟自己一起住，說這樣會更舒心、更安定。而他的好意卻遭到了拒絕，理由是另一隻青蛙在水坑裡住久了實在捨不得離開。

最終，小水坑裡的青蛙被過往的車輛給軋死了。

**這個故事是說，有些人沉湎於惡習，還沒等自己意識到問題的嚴重性就因此失去了生命。**

# 139 沒地方住的青蛙

有兩隻青蛙到處尋找安家的地方，因為他們居住的那個池塘水乾了。

後來，他們看到一口井，其中一隻青蛙不假思索就叫另一隻跳入井中，另一隻青蛙說：「你想過嗎？如果有一天連這口井裡的水都乾了，我們又該如何上來呢？」

**這個故事告訴我們，做任何事前都要慎重考慮。**

# 140 青蛙求王

有一段時間，青蛙們都悶悶不樂，因為他們感覺沒有自己的大王。經過討論後，幾隻青蛙去請求天神宙斯，說他們需要有一個國王。看到這些愚蠢的青蛙，宙斯便往池塘裡扔了一塊木頭。當聽到木頭落入水中的聲音時，青蛙們心驚膽戰地躲入塘裡。過了一會兒，他們才從水裡游了出來，那時木頭已經漂到水面靜止不動了，他們發現木頭其實沒有什麼好怕的。於是，他們就爬到木塊上坐了下來，此時，他們已不記得當初的恐懼了。

後來，他們又去拜見宙斯，說他們想再換一個國王，因為這個國王反應太慢了，讓他們很沒有面子。聽了他們的話，憤怒的宙斯便命令一條水蛇去青蛙那裡，宙斯對青蛙們說這個國王很靈活，反應很快。最終，水蛇把那些青蛙都吃掉了。

**這故事告訴我們，相比作惡的國王，還是遲鈍的國王更好一些。**

# 141 鹿

在海邊，有頭鹿正在低頭吃東西。這頭鹿有一隻眼睛是瞎的。為了防止獵人偷襲，他就用另一隻好眼觀望著陸地，因為覺得大海沒有什麼危險。

這時，正好有個人坐船經過，看到這頭鹿後便向他射了一箭，鹿隨即倒地。臨死前，鹿對自己說：「我可真是不幸啊，因為擔心陸地的危險，我加倍警惕，並把生命託付給了大海，沒想到卻為此丟掉了性命。」

**這個故事告訴我們，世事難料，有時看上去危險的事，卻讓我們獲得了好處；而看著沒有危險的事，可能會讓我們遭遇不幸。**

# 142 鹿與洞裡的獅子

有個獵人正在追逐一隻鹿。為了逃命，這隻鹿奮力奔跑，無意中進了一個山洞，鹿不知道這是個獅子洞。鹿剛進入山洞，就被獅子捕獲。

將要被獅子吃掉的時候，鹿說：「我太不幸了，剛擺脫了獵人的追捕，卻又落入了最凶惡的猛獸的口裡。」

**這個故事說的是，有時我們可能會為了避免受到小的傷害，而遭遇了更大的不幸。**

# 143 泉邊的鹿與獅子

一隻鹿口渴了，跑到泉水邊去喝水。喝水的時候，他看著自己倒映在水裡的影子，很得意自己美麗的雙角，而看到自己又細又小的腿時就很不高興。正當他入神的時候，突然，有頭獅子向他撲了過來。

他連忙轉身逃跑，因為他有一雙強而有力的腿一會兒就把獅子甩在了後面。但當他跑到樹林的時候，角被樹枝掛住了，使他無法脫身，追蹤而來的獅子輕而易舉地就把他抓住了。鹿臨死前說：「我被自己不喜歡的東西救了性命，卻被自己喜歡和寵愛的東西斷送了性命。」

**生活中也是如此，以前不信任的人有時會在危急關頭伸出援手，卻會被信賴的朋友出賣。**

# 144 鹿和葡萄樹

一隻鹿為了避開獵人的追捕，情急之中鑽到了一棵葡萄樹下。當鹿看見獵人走過後，就吃起了葡萄葉，他認為自己已經脫離危險了。沒想到獵人又轉回頭，原來是他聽到了葡萄葉發出的沙沙聲。他猜想葡萄樹下肯定藏有動物，便走過去查看。

最終，鹿被獵人發現，並被獵人的標槍刺死。在停止呼吸前，鹿說：「我真是自作自受，葡萄樹原本救了我，可我卻要去損害它，結果我連命也搭進去了。」

**這個故事告訴我們，恩將仇報的人最終會得到應有的報應。**

# 145 貓和雞

一天，山貓看到有隻雞生病了，就關切地問道：「現在，你的身體如何？我想幫助你，只是不知你需要什麼。我真希望你能趕快好起來。」

聽了山貓的話，雞說：「我需要你從這裡走開，否則我一定會死的。」

**這個故事適用於那些滿嘴花言巧語而內心惡毒的人。**

# 146 貓和老鼠

貓知道有個地方住著很多老鼠，於是每天都到那裡去抓老鼠來吃。老鼠看著同伴不斷被抓，為了讓貓抓不著他們，於是都跑到洞裡躲著。

貓抓不到老鼠了，就想用計把老鼠引出來。貓爬到一根木頭上，待在那兒裝死。一隻老鼠對他說：「就算你變得只剩下一個空空的皮囊，我們也不會過去的。」

**這則寓言告訴我們，吃一塹長一智，聰明的人上過一次當，第二次就不會再上當了。**

# 147 貓和公雞

一隻貓抓到一隻公雞，想用一個正當的理由吃掉他。貓剛開始說：「你老是半夜打鳴，吵得別人睡不著覺。」公雞回答說：「我那是叫人起來工作。」

貓接著又說：「你跟你的姐妹們還有母親一塊兒住，於理不容。」「這樣，她們可以多生蛋，這也是為主人好啊。」公雞回答說。

貓沒有藉口了，便說：「就算你有再多的理由，我還是一樣會吃掉你的。」

**這個故事告訴我們，想做壞事的人，一旦找不到正當的理由就會直接去作惡。**

# 148 蒼蠅與蜂蜜

房間裡，有個蜜罐漏了，蜂蜜流了出來，很多蒼蠅都飛過去吃。蜂蜜實在是太好吃了，他們都不願意離開。

可是，一會兒他們就被蜂蜜黏住了腳，怎麼也飛不起來了。他們都很後悔，嗡嗡嗡地叫著：「都怪我們太貪心了，才會因此喪命。」

**這個故事告訴我們，貪婪是很多災禍的根源。**

# 149 猴子和駱駝

在一次動物們的聚會上，猴子表演的舞蹈受到了大家的稱讚。駱駝很忌妒猴子，他也想獲得其他動物的稱讚，於是他也跳起舞來。結果，他做了很多奇怪的動作，動物們都很生氣就把他趕跑了。

**這則寓言告訴我們，不能正確地評估自己的能力，只是因為忌妒就去和強者競爭，終究會失敗的。**

# 150 兩隻糞金龜

在一個島上，有兩隻糞金龜靠著一頭牛的糞便生活。

冬天到來了，其中一隻糞金龜說：「我想飛到大陸那邊去，你留下來，這樣你就有足夠的食物。我到大陸那邊去看看食物多不多，如果多的話，我給你帶一些回來。」

那隻糞金龜到了大陸，看見很多糞便，只是那些糞便都是稀的，沒法帶走，於是他就留在了大陸過冬。等到冬天過去了，他回到了原來的島上。

留在島上的糞金龜看見他長得很肥壯，就指責他說：「你走之前答應得好好的，會給我帶吃的回來，可是現在卻什麼也沒帶回來，說話不算話。」去大陸過冬的糞金龜說道：「你不能怪我啊，我是很想給你帶，可那個地方的自然環境就是只能在那兒吃，沒法帶啊，你要怪就怪那兒的環境吧。」

**這個故事告訴我們，有一些朋友只會和你一塊吃喝，不能給你其他的幫助。**

# 151 狗和海螺

有一隻狗經常偷吃雞蛋，有一次，他看見一隻圓圓的海螺，他以為是雞蛋就一口吃下去了。

沒過一會兒，他的肚子就開始疼起來，他開口說道：「我真是自作自受啊，我把圓的東西都當作是雞蛋了。」

**這個故事告訴我們，認識事物不能只憑直覺，不然就會做出錯誤的判斷。**

# 152 狗和主人

有個人養了一隻狗和一頭驢，他經常逗狗玩。有一次，他在外面吃完飯回來，帶回一些食物。狗看見主人回來就歡喜地迎上去，主人把食物扔給了狗。

驢看見了很羨慕，也跑過去迎接主人，結果不小心踢著了主人。主人很生氣，叫人把驢打了一頓，然後把他拴起來。

**這個故事告訴我們，有些事不是所有人都能勝任。**

# 153 狗、公雞和狐狸

公雞和狗是朋友，這天他們一起趕路。晚上的時候，狗在樹洞裡面過夜，而公雞則在樹枝上休息。天亮了，公雞像以前一樣打起鳴來。

一隻狐狸聽見雞打鳴，想把雞吃掉。於是他就跑到那棵樹下，請雞從樹上下來，並且誇讚道：「多麼悅耳的嗓音啊！快下來，我們一起唱歌吧。」

雞回答說：「你先叫醒下面守夜的，他不開門，我沒法下去。」狐狸立即去叫門，這時，狗跳了出來一口把狐狸咬死了。

**這個故事告訴我們，碰到危險的時候不要慌張，要沉著冷靜才能想到辦法解除危機。**

# 154 狗和狼

狗自認為自己力氣足，跑得快，就緊緊追著一隻狼。但是由於害怕，又不敢離狼太近。狼回頭對狗說：「我只是怕你的主人，而不是怕你。」

**這則寓言告訴我們，不要藉著自己背後的力量而沾沾自喜。**

# 155 狗和鐵匠們

在鐵匠家裡，有一條狗跟他們一起生活。每天鐵匠們工作的時候，狗就在旁邊睡覺，當鐵匠們吃飯的時候，狗就醒了，走過來向主人們要吃的。

「為什麼敲鐵時那麼大的聲音沒把你吵醒，」主人們說，「而吃飯的時候，只是發出了微小的聲音，你就醒了呢？」

**這個故事告訴我們，有些人對自己感興趣或者有利的事情，不用特意打聽就知道了；但是對於他們不喜歡的事，就會視而不見。**

# 156 銜肉的狗

有一隻狗叼著一塊肉過河，走到河邊的時候，看到自己在水裡的影子，認為是別的狗叼著一塊更大的肉。於是，他就放下嘴裡的肉去搶水裡的那塊肉。

到了最後，兩塊肉都沒有了，原本的那塊肉被水沖走了，而水裡的肉也沒有撈著，因為它本來就不存在，只是一個影子而已。

**這個故事告訴我們，人不能太貪心。**

# 157 獵狗和狐狸

一條獵狗看見一隻獅子馬上追了過去。獅子回過頭來朝他吼了一句，嚇得他落荒而逃。狐狸看見了，說：「就你這樣的膽子，連一句獅子的叫聲都受不了，你還敢去追他？」

**有些人喜歡在背後說三道四，自吹自擂；真正面對強者的時候，卻被嚇得不知所措，這個故事講的就是這種人。**

# 158 飢餓的狗

一條河裡泡著一些獸皮，被幾隻飢餓的狗看在眼裡，可是獸皮離河岸太遠了，狗兒們無法取得獸皮。最後，他們決定先把河裡的水喝掉，這樣就能得到獸皮了。

結果，他們還沒得到那些獸皮，就因為喝了太多的水撐破了肚皮。

**這個故事告訴我們，有些人為了沒有把握的事耗費精力，到最後卻一無所獲，甚至付出慘痛的代價。**

## 159 獵狗與野兔

一隻野兔被獵狗抓住了，可是獵狗卻不吃他，只是作弄他玩，一會兒咬咬他，一會兒舔舔他。

兔子反抗著獵狗，並對他說：「你要不就吃了我，要不就放了我，你這樣又是咬又是舔的，我都分不清你是我的敵人，還是朋友了。」

**這個故事適用於那些態度模稜兩可，讓別人分辨不清他的目的的人。**

# 160 兩隻狗

有個人養了一條看家狗和一條獵狗。每次獵狗出去捕獵，不論捕到什麼回來，主人都會分一份給看家狗。

這引起了獵狗的不滿，他責備看家狗說：「你每天什麼都不做，卻可以分到食物，而我每天都要那麼辛苦地去打獵，這不公平。」

看家狗說：「你要怪就怪主人吧，不要怪我，是他讓我不勞而獲的。」

**這個故事告訴我們，有些孩子懶散、傲慢，要責怪就應該責怪他們的家長，因為是他們把孩子寵壞的。**

# 161 狗和廚師

一隻狗趁廚師在忙碌的時候溜進廚房，偷走了一些食物。

廚師看見狗跑掉了，對著狗的背影喊：「以後我都會防著你的，不論什麼時候。你不只是從我這裡偷走食物，還給我敲響了警鐘。」

**這個故事讓我們明白吃一塹，長一智的道理。**

# 162 豬與狗

豬和狗之間發生了激烈的爭吵，甚至開始互相辱罵。豬開始祈禱，他對阿芙蘿黛蒂神說一定會用自己的牙齒把狗撕成碎片。

聽了豬的誓言，狗嘲笑道：「你對著阿芙蘿黛蒂神發誓嗎？你們這些愚笨的豬，阿芙蘿黛蒂神最討厭的就是你們。無論是誰，只要是吃過豬肉的人絕不能進入她的聖廟的。」

聽了狗的這番話，豬說：「這你就不知道了，你這隻愚蠢的狗，怎麼會明白女神的良苦用心，女神是因為器重我們才會定下這個規矩。有了這種規定，想要殺害我們或要吃我們肉的人就會越來越少。女神對我們這麼好怎麼是討厭我們呢？對你們這些狗，女神就不那麼喜歡了。你沒看到嗎？人們祭祀時用的都是狗肉，有死的，還有活的。」

**智者總是能把別人對自己的指責轉化為對自己的讚美，演講家也是如此。**

## 163 作客的狗

有個人辦酒宴，邀請了親朋好友前來。主人家的狗也藉機邀請自己的朋友來作客。主人家的狗帶著著他的朋友在廚房穿梭，作客的狗從沒見過這麼多好吃的，很開心，心裡默念道：「這麼多好吃的，我一定要好好地吃一頓，吃得飽飽的。」這時，廚師看見了這條陌生的狗在打菜肴的主意，就拿著棍子把他趕了出去。

離開之後，作客的狗在路上碰到了一些同伴，他們問他道：「怎麼樣啊，在那兒吃得好不好，有沒有吃飽啊？」

「我吃得很好啊，我還喝了一些酒，有點喝多了，都不認識路了。」作客的狗回答道。

**這個故事告訴我們，一些人為了面子，喜歡慷他人之慨；也有些人為了面子會編一些謊話。我們不要相信這樣的人。**

# 164 鬣狗和狐狸

鬣狗每年都換性別，時雄時雌。他看見狐狸，說：「你為什麼不接近我呢？你不是想和我交朋友嗎？」

狐狸說：「你不能怪我啊！我分不清你到底是男的還是女的，不知道該把你當作什麼。」

**這個故事適用於那些態度模稜兩可、讓人捉摸不透的人。**

# 165 小豬與羊群

羊圈裡進入了一隻小豬，這隻小豬夾在羊群中間，與羊共同分享著食料。過了一些日子，小豬被發現他的牧人抓住了，他一邊奮力掙脫，一邊高聲地叫喊。

所有的羊都抱怨他不該這樣大吵大鬧，並對他說：「每一次牧人捉我們時，我們都是一聲不吭。」

小豬聽了，對著羊群說：「我們雖然都是被捉，但面臨的結局卻是完全不同啊！對於牧人來說，他們只想從你們的身上獲得奶或毛，從我的身上卻是想得到全部的肉啊！」

**這個故事說明，當面臨的危險涉及性命時，人們痛哭流涕是很正常的。**

# 166 小偷和狗

狗在路上跑，當他經過小偷的身旁時，小偷總是向他扔小塊的麵包，就鄙夷地說：「你這個東西，快滾得離我遠些吧！看到你今天的這種行為，我真是有些懼怕。」

**這個故事是說，那些善於行賄的人肯定不是老實人。**

# 167 野豬與狐狸

在路邊的一棵樹幹旁，有一頭野豬在不停地磨他的牙齒。

有一隻狐狸經過時，向他問道：「你為什麼要不停地磨牙齒呢？現在很安全啊，附近又沒有什麼獵人。」

野豬回答說：「我是不會無緣無故這樣做的。如果等危險來臨再去磨牙就來不及了，我現在磨好了牙，就隨時都可以用了。」

**這個故事告訴我們，凡事不打無準備之仗，做每一件事前都要先做好充分的準備工作。**

# 168 野豬、馬和獵人

野豬和馬都在一塊草地上吃草。後來，馬卻跑到獵人那裡告野豬的狀，並要尋求幫助。原來，野豬在吃草時總是踩壞青草，水也被他弄渾了，馬去找獵人是想報仇。隨後，獵人對馬說：「你只要把這個轡頭帶上，讓我騎著你，我就能幫助你了。」

聽了獵人的話，馬不假思索地同意了。獵人便騎在馬背上找到野豬，在降服了野豬後，就把馬牽到馬廄裡，拴在了槽邊。

**這個故事說明，尋求幫助時要選擇好的對象，否則自己會反受其害。**

# 169 豬、狗和幼崽

一天，豬和狗在爭辯，他們都想證明自己生產的速度是最快的。狗先說道：「在所有四條腿的動物中，我生產的速度最快。」豬聽了說：「或許是這樣吧！但你應該明白，即使速度再快，可是你生出來的都是雙眼失明[12]的啊！」

**這個故事告訴我們，在比較事物的優劣時，不能只是看速度，還應該看品質。**

---

⑫雙眼失明：源自希臘諺語「母狗生得飛快，但幼崽目不能看。」

# 170 蝮蛇和水蛇

蝮蛇老是跑到水蛇的領地去喝水，水蛇對此很不滿，於是就出來指責他。最後，他們決定要決鬥，誰贏了，這塊領地就歸誰。決鬥的日子定了以後，和水蛇有仇的青蛙就跑到蝮蛇那邊，說要和他站在同一條戰線上。

決鬥開始了，蝮蛇和水蛇開始廝打，青蛙卻只是在一邊大喊：「加油。」戰鬥結束，最終蝮蛇獲得勝利。可是蝮蛇很不高興，他對青蛙說：「你答應幫助我，可什麼忙也沒幫，只是在那裡喊，這有什麼用？」青蛙說：「我幫助你了啊，只是我的幫助方式不是動手而已。」

**這個故事告訴我們，在需要幫助的時候，光動嘴皮子是沒有用的。**

# 171 蛇和鷹

蛇和老鷹打架，打得很激烈。最後，蛇把鷹死死地纏住使鷹無法動彈。這時，一個農夫走過來，看見這樣的情景，就把蛇的結打開，讓鷹飛走了。

蛇為此很生氣，他決定報復農夫。蛇把毒放到農夫喝的水裡，就在農夫正準備喝水時，鷹突然衝下來把農夫手中的水撞掉了。

**這個故事告訴我們，好人終有好報。**

# 172 被踐踏的蛇

有一條蛇經常被別人欺負，他就去宙斯那裡告狀。

「如果你對頭一次欺負你的人就反擊，」宙斯對他說，「那麼就不會有第二個人欺負你了。」

**這個故事告訴我們，如果你不對第一次襲擊你的人加以反擊，他們就會變本加厲地欺負你。你若對第一次襲擊你的人就進行反擊，別的人就會對你有所顧忌。**

# 173 蛇、黃鼠狼與老鼠

在一所房子裡住著一群老鼠，有一條蛇和一隻黃鼠狼很喜歡在這個房子裡面打架。每次蛇和黃鼠狼打架時，只要看見老鼠出現就會停止戰爭，一起捕捉老鼠。後來老鼠只要看見他們打架就會躲出去以免被吃掉。

**這個故事告訴我們，那些捲入別人矛盾裡的人，在不經意間就成了戰爭的犧牲品。**

# 174 螞蟻和螞蚱

一天，螞蟻見陽光普照，就把有點發潮的糧食拿出來晒。一隻飢餓的螞蚱向螞蟻乞討吃的。螞蟻問：「你之前為什麼不儲存食物呢？」

螞蚱說：「我沒時間啊，那時我忙著展現我美麗的歌喉呢！」

螞蟻說：「既然你在儲存糧食的季節唱歌，現在只好去跳舞了！」

**這個故事告訴我們，凡事都要有充足的準備，這樣才能應付各種狀況。**

# 175 駱駝和宙斯

牛說：「我的角又漂亮又結實。」駱駝聽見了很是羨慕，也想擁有。於是他請求宙斯讓他也能擁有兩個角。

宙斯聽了很生氣，駱駝已經有這麼大的身體了還不知足，還想要其他的東西，就把他的耳朵去掉了一半，而且也沒給他長角。

**這個故事告訴我們，人不要貪得無厭，不然有時會連自己原本擁有的東西也失去。**

# 176 鮪魚與海豚

一隻海豚正在追逐著一條鮪魚，眼看鮪魚就要被海豚抓到了，鮪魚突然使勁一跳，想不到竟跳到水淺的岸邊。後面的海豚也跟著一跳，結果同樣擱淺在岸邊。

鮪魚對快要死了的海豚說：「現在我們都要死了，這樣的結果都是你造成的。」

**這個故事說明，看到製造悲劇的人遭殃之後，再想想自己的結局，心裡就會平衡很多，不再那麼難過。**

# 177 河狸

河狸是一種生活在水裡的動物，因為它的陰部可以治療一種病，所以很多人捕捉它。河狸知道自己會被追趕的原因，所以當它逃不掉的時候就會把身上的那一部分弄下來並且扔掉，以此來保全自己的生命。

**很多聰明的人也一樣，他們寧願捨掉小部分的利益以保全大局。**

# 178 烏鴉與狐狸

大樹上站著一隻烏鴉，烏鴉口中銜著一塊肉。這一切都被從樹下路過的狐狸看見了，那塊肉讓狐狸饞得直流口水，腦子裡想的都是怎麼才能吃到那塊肉。

他站在樹下對著烏鴉說：「你真是太漂亮了，比鳳凰還漂亮，你的嗓音比黃鸝還好聽，快讓我聽聽你那美妙的嗓音吧。」

烏鴉聽了很高興，於是張開嘴準備唱歌，就在這時肉了掉下去。狐狸連忙跑上去把肉接住，並對烏鴉說：「哈哈，你上當了，你真是比豬還笨。」

**這個故事告訴我們，不要因為別人的讚美就愚昧地相信別人，而是應該思考一下別人為什麼讚美你。**

# 179 口渴的烏鴉

一隻口渴的烏鴉來到水罐邊喝水，水罐很深，但罐子裡面的水很淺，烏鴉喝不到裡面的水。

最後，烏鴉想到一個辦法，就是把一粒粒的小石頭投入到水罐中，水慢慢上升，烏鴉終於喝到了水。

**這個故事告訴我們，有時候光憑力氣是解決不了問題的，還要動腦筋想辦法。**

# 180 烏鴉

天鵝潔白的羽毛讓烏鴉很羨慕。他猜想著天鵝為什麼會有那麼潔白的羽毛，最後他認為是因為天鵝常常洗澡，所以羽毛才會那麼潔白。

於是，他離開賴以生存的地方，每天在河邊洗自己的羽毛，可是羽毛並沒有因此變得潔白，反而因為沒得吃而餓死了。

**這個故事告訴我們，人的本性不會因為生活方式發生改變而改變。**

# 181 烏鴉與蛇

一條蛇正在熟睡，被一隻四處尋找食物的烏鴉看見了。烏鴉太餓了，便想撲下去把蛇抓來當食物，沒想到蛇被驚醒，一口咬住了烏鴉。

烏鴉臨死前說：「我雖然找到了食物，可也因此弄丟了性命。」

**這個故事適用於那些為了謀取利益而不惜付出生命代價的人。**

# 182 烏鴉和狗

烏鴉祭奠雅典娜，還邀請了狗一起參與。

狗說：「雅典娜那麼討厭你，她讓你的預兆都不靈驗，為什麼還要祭奠她呢？」

「正是因為她老和我作對，我才要祭奠她啊，這樣的話就可以讓她和我和解啊。」烏鴉回答道。

**這個故事說的是，許多人對自己的敵人表現得很友好，真正原因是懼怕他們。**

# 183 烏鴉和渡鴉

烏鴉很羨慕渡鴉能根據一些跡象給人們占卜，被人們當作是能提供跡象的鳥。

烏鴉也想被人當作可以提供跡象的鳥。有一天，他看到幾個行人在路上走著，就飛到他們旁邊的一棵樹上大聲叫喊。

行人們感到很奇怪，於是都回頭看。其中一個人說：「大家走吧，這是隻烏鴉，不是渡鴉，他的叫聲是不會有預兆的。」

**這個故事說的是，有些自不量力的人與強者競爭，不但贏不了別人，還會淪為笑料。**

# 184 小孩與烏鴉

一個女人給她的孩子算命，算命先生說：「你的孩子以後會被烏鴉害死。」女人一聽很害怕，於是做了一個箱子把孩子放在裡面不讓他出來，每天給孩子送飯菜和水。

一次，她給孩子送水，小孩子把頭從箱子裡伸出來左看右看。就在這時，箱子上烏鴉嘴形的搭扣掉了下來，正好砸在孩子的腦袋上，把孩子砸死了。

**這個故事告訴我們，是禍躲不過。**

## 185 口渴的鴿子

有一隻鴿子非常口渴，到處找水喝。

這時，他看到一塊招牌，招牌上面畫著一個水缸。鴿子以為那是真的水缸，就朝那兒猛地飛了過去，結果撞到招牌上，翅膀斷了，最後掉到了地上被人抓住。

**這個故事告訴我們，做事前要經過深思熟慮，不要一衝動就去做，那樣只會自取滅亡。**

# 186 野鴿和家鴿

捕鳥的人在一張打開的網上拴上幾隻家鴿，然後躲在遠處看著。一些野鴿子撞到網上被纏住。捕鳥人就過去把野鴿子抓住。

野鴿責備家鴿，說：「我們是同一個種族的，你為什麼不告訴我們這是陰謀呢？」家鴿回答說：「對於我們來說，主人的利益高於一切。」

**這個故事告訴我們，有的奴僕為了顧及主人的利益，有時連自己的親友也會出賣。**

# 187 燕子與烏鴉

燕子和烏鴉比誰更漂亮。烏鴉說：「我的身體可以抵抗寒冷的冬季，而你只有在春天才有漂亮的外表。」

**這個故事告訴我們，健康的身體比漂亮的外表重要得多。**

# 188 寒鴉和鳥類

宙斯想立最美的鳥為百鳥之王，就定了一個日子讓所有的鳥類都來參加比賽。寒鴉想當百鳥之王，但是他知道自己長得醜，於是他想到了一個辦法。他收集其他鳥掉下來的羽毛，把它們黏在一起做了一件羽衣，然後穿在自己身上。

轉眼就到了比賽的日子，所有的鳥類都來參加。宙斯覺得寒鴉是所有參加者中最漂亮的，就決定立他為王。其他鳥聽了很生氣，因為寒鴉的羽衣是他們的羽毛黏在一起做成的，於是他們把屬於自己的羽毛都叼走了。沒有了那件羽衣，寒鴉又變回了原形。

**很多人只看表象而忽略了本質，一旦剝除了華麗外表，其實是一無所有。**

# 189 寒鴉與狐狸

飢餓的寒鴉站在無花果樹上，尚未成熟的無花果又硬又澀，無法食用，寒鴉便在旁邊等候它們成熟。

一隻路過的狐狸看見了，便問寒鴉：「你老站在那兒幹什麼啊？」

寒鴉回答說：「我在等無花果成熟，我好吃它們。」

狐狸說：「你真糊塗啊，雖然你堅守著希望，但是一味地等待並不能填飽你的肚子。」

**這個故事說的是那些一味等待卻不及時行動的人。**

# 190 寒鴉和渡鴉

有隻寒鴉長得很強壯，因此看不起自己的同類。他想到渡鴉那裡去跟他們一塊生活。可是到了渡鴉那兒後，渡鴉聽出是寒鴉的聲音就把他趕走了。

寒鴉只好又回到自己的同類中去，但是他的同類對他的行為感到十分氣憤，也不願再收留他。最後，這隻寒鴉居無定所。

**有些瞧不起自己親友的人，既不會受到外人的歡迎，又會遭到親友的唾棄。**

# 191 逃走的寒鴉

一隻寒鴉被人抓住了，人在他的腳上拴了一根繩子，然後供自己的孩子玩耍。寒鴉不願意這樣生活，於是他就找機會逃走。最後，終於逃了出去，但想不到腳上的繩子被樹枝纏住，使他沒法飛行。寒鴉臨死時說：「我不能忍受奴役，雖然逃了出來，不料卻因此送命。」

**這個故事說的是，有些人想擺脫目前不好的狀況，卻又陷入了更糟的狀態中。**

# 192 寒鴉與鴿子

寒鴉見鴿子在鴿舍裡舒適地住著，不愁吃不愁喝，他也想過鴿子那種生活。於是，他把自己的羽毛塗成白色的，混到鴿舍裡和鴿子們一起生活。為了不讓鴿子們認出來，他一直沒有出聲，鴿子也一直都沒有發現他。直到有一次，寒鴉不小心叫了一聲，身分被鴿子們識破而被趕了出來。

吃不到鴿子的食物，寒鴉只好回到同類那裡去。因為他把自己的羽毛弄白了，寒鴉們都不認識他，不允許他跟他們一塊生活。寒鴉貪圖別人的東西，結果是一無所獲。

**這個故事告訴我們，知足者常樂，不要貪得無厭。**

# 193 鶇鳥

鶇鳥因為桃金娘樹的果實甜美，老是逗留在那裡。捕鳥的人看見了，就用黏竿來抓他，結果鶇鳥被捕鳥的人抓住了。

快死的時候，鶇鳥說：「我為什麼要貪圖那個果實的甜美呢？要不然我也不會因此丟掉性命。」

**這個故事告訴我們，人不要貪圖享受、貪得無厭。**

# 194 狼與馬

有一塊田地上種植了許多大麥，狼從這兒經過時望了一眼，此時的狼非常飢餓，雖然他很喜歡這些黃燦燦的大麥，但因為他從不吃大麥，所以還是離開了。

沒走多遠，狼就和一匹馬相遇了，他領著馬來到這塊大麥田，對馬說：「你在吃草時發出的聲音最動聽，那是我最愛聽的。所以當我見到這片大麥時都不捨得吃，想要全部留給你。」

聽了狼的這番話，馬說道：「朋友，假如大麥可以做你的食物，你一定會只顧著自己的肚子，我吃草的聲音也不再會引起你的注意。」

**如果你在別人的心目中是個壞人，即使有再好的消息從你的嘴裡說出來，也沒有人會相信。**

# 195 海鷗和雀鷹

海岸上死了一隻海鷗，原來他在吃魚時，因為魚太大卡住了他的脖子，最終撐破了他的喉嚨。

見到這種情景後，雀鷹說：「你真是自作自受，你本來就不應該來海上居住，因為你畢竟是屬於鳥類的。」

**這個故事告訴我們，拋棄自己的本職工作去做毫不相干的事，最終只會一事無成。**

# 196 狼和羊

有隻狗看守著一群羊，一些狼想對這個羊群下手，努力了幾次都沒有成功，因此他們決定採用智取的方式。

一天，狼的使者到羊那裡對羊說狼和羊之所以不和全都是因為狗，如果羊能把狗交給狼，今後他們一定能和睦相處。

羊連想都沒有想就把狗交給了狼。此後，狼想要吃羊就非常容易了，因為羊們失去了保護自己的狗。最終，狼吃掉了所有的羊。

**如果我們輕易地卸下防禦，就會很快地被敵人征服。**

# 197 狼和懸崖上的山羊

有隻山羊正在一座懸崖邊吃草，一隻狼看見了他，就勸羊到下邊來吃，否則可能會摔下去的。其實是狼想吃到羊，可又不敢靠近懸崖。狼還說：「你看見了嗎？我的身邊就有塊草地，而且這裡的草還特別鮮美。」

山羊早就看出了狼的詭計，於是說：「依我看來，並不是你想讓我去你那裡吃草，而是你現在正缺少食物。」

**這個故事告訴我們，在有智慧的人面前，壞人的詭計總會被識破。**

# 198 狼和說真話的綿羊

狼在吃飽了之後，看見一隻綿羊在地上躺著，他以為綿羊是被他嚇的，於是走到綿羊的面前，說：「你只要能講出三句真話，我就不吃你。」

綿羊開始說：「第一，我不想碰到狼；第二，如果我運氣不好，碰到狼了，我希望那是一隻瞎了眼的狼；第三，我希望所有的狼都死掉，因為我們羊從來沒有傷害過狼，可是狼卻老是吃我們。」

狼認為羊說得有道理，於是就把他給放了。

**這個故事告訴我們，在敵人面前，講真話的力量不可以小視。**

## 199 狼與牧羊人

狼在一群羊後面很老實地跟著，沒幹一點壞事。剛開始牧羊人還小心地防範著他，但見狼既不說話，更沒有要吃羊的跡象。慢慢地，牧羊人就放鬆了警惕，不再提防著狼了，認為他更像是一條護羊犬。

某一天，牧羊人有事要離開，就把羊交給了狼，讓狼幫他守著羊。狼就乘這個機會咬死了很多羊。牧羊人回來一看，羊都被咬死了，後悔地說道：「真是自作自受，我怎麼能把羊交給狼守護呢？」

**這個故事告訴我們，把貴重的東西交給貪婪的人保管，上當是必然的。**

# 200 受傷的狼和羊

一隻狼被狗咬成了重傷，躺在地上無法動彈。

正當他飢餓難耐的時候，看見一隻羊路過，狼輕聲地對羊說：「我受傷了，求你去河邊給我弄點水來。只要你能弄點水給我喝，我就能自己弄到吃的東西。」

羊回答他說：「我才不會上當呢，等我把水送到你面前，你就會把我吃了。」

**這個故事適用於那些通過偽裝，想要陷害別人的人。**

# 201 吹簫的狼和小山羊

小山羊被羊群甩在了後面，眼看狼就要追上來了。

小山羊便對狼說：「狼，我知道我馬上就要成為你的美食了，在我死前，我希望不要那麼死氣沉沉。這樣吧，你為我吹簫，我來伴舞。」狼聽了這話就開始吹簫，小山羊也開始翩翩起舞。

狗聽見簫聲，知道這是小山羊求救的訊號，於是馬上跑來救他。狼知道上當了，對小山羊說：「有這樣的結果是我自找的。我本是拿屠刀的，怎麼可以學著吹簫呢？」

**這故事是說，想做分外的事，先把分內的事情做好。不守本分的人，做事往往會失敗。**

# 202 狼和逃進神廟的小羊

一隻小羊為了躲避狼的追捕，跑進了一座神廟。

因為狼想讓羊從寺廟裡出來，便嚇唬羊說：「如果你被祭祀師抓住了，他們是會宰了你供奉給神的。」

聽了狼的話，小羊說：「我甘願為了神來犧牲自己，也不想被你吃掉。」

**這個故事表明，如果無法逃脫死亡的命運，更多的人會選擇比較有價值的方式。**

# 203 狼和獅子

一頭小豬被一隻狼用嘴叼著，這是狼剛剛搶到的獵物。令狼沒有想到是，他會在途中遇到獅子。很快地，狼又失掉了小豬，因為獅子把小豬搶走了。

什麼都沒有了的狼對自己說：「我實在沒有辦法留住我搶來的東西。」

**這個故事告訴我們，靠武力強行佔有的東西，最終還是會失去的。**

# 204 狼與鷺鷥

狼不小心吃了一塊骨頭，結果卡在了喉嚨裡取不出來，痛苦萬分。狼到處尋找能幫助他的人，最後，有隻鷺鷥願意幫他取出骨頭，並說好事後有一定的報酬。

隨後，狼就張開嘴讓鷺鷥把頭伸了進去，不一會兒就取出了那塊骨頭。當鷺鷥向狼索要報酬時，狼惡狠狠地說：「你能夠沒有一絲損傷地從我的口中收回了自己的頭，真應該知足了，就不要再想要什麼報酬了。」

**這個故事告訴我們，與壞人共事，沒被壞人佔便宜就算是最好的結局。**

# 205 蜜蜂和宙斯

一天，蜜蜂來到天神宙斯跟前，祈求天神能賜予他們力量。蜜蜂說，假如有人接近蜂房時，希望自己的刺能刺死他們，因為不願意別人得到他們的蜜。

聽了蜜蜂的話，宙斯很生氣，為了懲治一下壞心眼的蜜蜂，宙斯便下了這樣的命令：人被蜜蜂螫了後，蜜蜂不僅會失去自己的刺，甚至還會為此丟掉自己的性命。

**這個故事適用於那些不懷好意卻自食其果的人。**

# 206 屋頂上的小山羊與狼

小山羊站在屋頂，看著從底下走過的狼，便嘲笑道：「哈哈，你怎麼不來抓我了啊，抓不到了吧。」

狼回答道：「嘲笑我的不是你，而是你所處的地勢而已。」

**這個故事是說，地利與天時有時會給予我們和強者抗爭的勇氣。**

# 207 老鼠與黃鼠狼

老鼠與黃鼠狼之間經常發生戰爭，每一次都是老鼠失敗。

於是，老鼠們就聚集在一起檢討失敗的原因，最終他們認定是因為缺少一位將領，他們便選舉了幾隻老鼠做他們的將領。這幾隻老鼠為了使自己顯得更出眾，便在頭上綁上了角。

在又一次的戰爭中，老鼠還是失敗了。當其餘的老鼠都輕鬆地逃回到洞中的時候，那些將領頭上的角把他們擋在了洞外，追上來的黃鼠狼把他們全都吃掉了。

**這個故事告訴我們，虛榮心會帶來災禍。**

# 208 鼴鼠

鼴鼠天生眼睛就看不見，一隻鼴鼠對他媽媽說：「媽媽，我能看得見。」

鼴鼠媽媽就想測試他一下，遞給他一塊乳香：「你知道這是什麼嗎？」

鼴鼠回答道：「這個是石頭。」

媽媽聽了就說：「孩子，你不僅眼睛瞎了，連鼻子也壞了。」

**愛吹牛的人常誇口自己能做大事，卻連小事也做不好。**

# 209 蒼蠅

盛肉的瓦鍋裡落進了一隻蒼蠅。

蒼蠅將要被淹死時，自言自語道：「我已經很滿足了，在這肉湯裡我吃也吃了，喝也喝了，還舒舒服服地洗了個澡，就算現在死了，我也沒有什麼遺憾的了。」

**這個故事告訴我們，如果死的時候願望都滿足了，就不會那麼恐懼。**

# 210 蝙蝠和黃鼠狼

一次，蝙蝠不小心掉到了地上，黃鼠狼跑過來將他抓住，蝙蝠苦苦哀求黃鼠狼放了他。

黃鼠狼對蝙蝠說：「從生下來我就痛恨一切鳥類，只要是我抓住的鳥絕不會放過的。」

蝙蝠急忙說：「你弄錯了，我只是一隻鼠，可不是鳥。」

聽了蝙蝠的話，黃鼠狼便把他放了。過了不久，蝙蝠又掉到了地上，被另一隻黃鼠狼抓住了，蝙蝠再一次哀求放了他。

只聽這隻黃鼠狼說道：「我是絕不會放了你的，我討厭所有的鼠類。」

蝙蝠連忙對黃鼠狼說：「我可是一隻鳥，而不是鼠。」

這隻黃鼠狼也把他放了。就這樣，蝙蝠兩次通過改變自己的身分而保全了性命。

**我們在生活中處理問題時不能一成不變，隨機應變、機動靈活往往能幫助我們躲避災禍。**

# 211 螞蟻與鴿子

螞蟻口渴了，爬到河邊去喝水，不料河水太急，把它沖走了。就在螞蟻快淹死的時候，鴿子看見了，連忙弄了一根樹枝扔過去，螞蟻爬上樹枝得救了。

過了一段日子，捕鳥人來捕抓鴿子，螞蟻看見了，就咬了捕鳥人一口，鴿子乘機逃跑了。

**這個故事告訴我們，人應該懂得知恩圖報。**

# 212 驢和種園人

有個種園人餵養了一頭驢。一天，這頭驢去求天神宙斯讓他離開現在的主人，到別的人家去做工。因為現在這個主人讓他幹的活兒太重，給的食料又太少。

天神命令荷米斯去辦這件事，荷米斯就把驢賣給了一個陶工。過了一段時間，驢又來到宙斯這裡祈求換主人，因為陶工讓他幹的活兒更重了。

最終，驢被宙斯賣給了鞣皮匠。當驢看到了鞣皮匠的工作後，後悔道：「我還不如留在最初的主人那裡。如今，我看我連皮都屬於這個主人了。」

**這個故事告訴我們，有些人因為永不知足而遭遇不幸。**

# 213 螞蟻

在很久以前，螞蟻也是人，他靠種地為生。但他永遠不滿足自己擁有的東西，老是偷別人家的莊稼。

宙斯對於他的貪得無厭很生氣，就把他變成了螞蟻。他雖然變成了螞蟻，可是本性還是沒改變。一直到現在，螞蟻還是四處收集食物，並儲存起來。

**這個故事告訴我們，壞人的本性是很難改變的，無論你給他施加什麼樣的懲罰。**

# 214 驢和自私的騾子

有個人在驢和騾子的背上分別裝上了貨物，然後就趕著它們上路了。道路平坦時，驢還可以應付；當遇到高低不平的山路時，驢就感覺馱不動了。

驢向騾子求助，看能不能替他馱一些貨物，否則自己是沒辦法全部馱走的。對於驢的請求，騾子連理也不理。沒過多長時間，不堪重負的驢從山上摔了下去，摔死了。

趕驢的人就只好在騾子的背上又加上了驢馱的貨物，還有那張驢皮。騾子疲憊不堪，悲歎道：「我真是自作自受！在驢請求我幫他馱貨物時，我為什麼不同意呢？現在我不但要馱著他的貨物，還要馱著他。」

**人和人之間要懂得互相幫助、相互扶持，不要只看眼前的利益。**

## 215 驢和趕驢人

一個人正趕著一頭驢上路，在走了一段平坦的路後，來到了緊挨著懸崖的路。走著走著，驢一不小心快要掉下懸崖了，趕驢人連忙抓住驢的尾巴，想把驢拉上來。驢卻拼命掙扎，趕驢人只好放開手，說道：「你贏了，可是你的勝利是你悲慘的開始。」

**這個故事告訴我們，做任何事不要一意孤行，在危險的時候還要逞強。**

# 216 驢與騾子

一天，驢子和騾子被驢夫趕著行走在路上，他們的背上都馱著貨物，並且各自都有怨言。驢子覺得他倆不該馱同樣重的東西，而騾子則認為自己應該吃雙倍的飼料。

走了一段路後，驢子感覺累得有些走不動了，驢夫發現後，就把驢背上的一些貨物放到了騾子背上。又過了一會兒，驢感到更累了，實在沒有力氣走了，驢夫只好又搬下了一些貨物。到最後，驢子什麼也不用馱了，騾子馱起了所有的貨物。

此時，騾子轉過身對一身輕鬆的驢說：「朋友，你看現在的情況，假如我要吃雙倍飼料的話，你還會生氣嗎？」

**這個故事是說，凡事不要斤斤計較，每個人都有自己該做的事，要懂得看到別人的優點。**

# 217 驢與蟬

蟬在鳴叫時，被驢子聽見了，他覺得蟬的歌聲優美動聽。驢便問蟬都吃些什麼食物才能讓聲音這麼好聽，因為他希望自己也能發出和蟬一樣美妙的聲音來。

蟬說：「我們平時只吃露水。」

此後，驢子便什麼都不吃，只吃露水。但沒過多長時間，驢就被餓死了。

**這個故事說明，那些總渴望得到不屬於自己的東西的人，不但不會成功，還常常會遇到災難。**

# 218 驢和狼

驢在牧場上吃草的時候，看見狼朝他跑過來，便馬上裝出一副腿瘸的樣子。狼跑過來要吃掉驢，驢說：「你看我的腿，剛剛在過草叢的時候扎了一根刺，你先幫我把刺拔出來再吃掉我吧，免得卡住你的喉嚨。」

狼覺得驢說得有道理，就抬起驢的腿來找那根刺。驢抓住機會，對準狼的嘴巴就是狠狠一蹄，結果狼被踢傷，驢乘機跑了。狼後悔地說：「我明明是屠夫，幹嗎要去當醫生呢？」

**這個故事告訴我們，不要去做不該做的事，否則最後吃虧的是自己。**

# 219 驢子、公雞與獅子

公雞和驢住在一起。獅子害怕公雞的叫聲，獅子來覓食，公雞一叫，獅子就逃跑了。驢看見了心裡就想，獅子也沒什麼厲害的嘛，他連公雞的叫聲都怕，於是他就去追獅子。獅子跑遠了，已經聽不見公雞的叫聲了，獅子轉過身來，一口把驢給咬死了。臨終前驢說道：「我真笨啊，明明都已經脫離危險了，為何自己還要湊上去呢？」

**這個故事告訴我們，任何時候都不能輕敵，不要逞強，還要了解自己的能力，不要自不量力。**

# 220 驢子、烏鴉與狼

這天，有頭受了傷的驢子在牧場上吃草，有隻烏鴉飛過來停在他的背上，啄他的傷口，疼得他跳起來大叫。而驢夫們卻若無其事地在那兒笑。

狼看見了後，說：「我只要看著驢，就會被人追著打，而烏鴉啄驢，人們還在那兒笑，好像什麼也沒發生似的。」

**這個故事告訴我們，若你留給別人的印象是壞蛋，人們時刻都會提防你。**

# 221 驢、狐狸和獅子

驢和狐狸商定一起去捕捉獵物。途中，他們遇見了獅子。

狐狸知道自己面臨著危險，就去和獅子商量，狐狸說假如能讓他平安離開的話，他會把驢交給獅子的。

獅子同意後，狐狸就去行動了，他把驢騙進了一個陷阱裡。獅子來到後，他確定驢是沒辦法逃脫了，就先去捉住了狐狸，隨後又逮住了驢。

**這個故事告訴我們，那些背信棄義、出賣朋友的人，結局往往會更慘。**

## 222 驢和青蛙

一頭驢馱著貨物過沼澤的時候，不小心摔倒了，由於貨物太重了無法爬起來，在那裡哇哇大哭。

沼澤裡的青蛙聽見之後，對驢說：「別哭了，你摔一下就哭了，那我們整年住在這兒的該怎麼辦呢？」

**有這樣一種人，他們能經得住大風大浪，卻難以忍受小的挫折。**

# 223 驢和馬

驢很羨慕馬過著幸福的生活。因為驢看到馬被主人精心地餵養著，食料很豐盛，而且總是多得吃不完；而自己吃的是麥麩，還總是填不飽肚子，並且還要忍受各種艱辛。

不久，戰爭爆發了，所有的將領和士兵都穿著鎧甲，那匹馬被一個士兵騎著，為了讓它跑得更快，士兵還會時常鞭打它。最終，馬在戰場上受了重傷，永遠沒辦法再站起來。

見到這些情景，驢就改變了以前的想法，它認為馬其實是很不幸福的。

**這個故事告訴我們，不需要去羨慕別人，因為每個人都有自己的幸福，也都有自己的痛苦。**

# 224 病驢和狼

驢生病了，狼去問候他。狼不停地摸著驢的身體，並詢問他感覺哪些地方更痛些。驢怯怯地說：「凡是被你摸過的地方都痛。」

**這個故事告訴我們，壞人假仁假義的關心其實是最讓我們感到危險的。**

## 225 披著獅子皮的驢

在森林裡，許多小動物看見了一隻獅子，被嚇得四散逃跑。其實他們見到的並不是獅子，而是一頭驢披著獅子的皮，他這樣做就是為了讓那些弱小的動物感到害怕。

當一隻狐狸向他走來時，驢便想去嚇嚇他。狐狸很早就聽過驢的叫聲，於是便對驢說：「你是不是以為我會害怕？我已聽出你的叫聲了，所以也就不害怕了。」

**這個故事告訴我們，有些人表面看上去儀表堂堂、神氣活現，實際上卻是頭腦簡單、一無是處，只要一開口就會原形畢露。**

# 226 野驢

一天，野驢見家驢躺在那兒晒著陽光，不愁吃，不愁喝，身體養得很強壯，就走到他面前，說：「你真幸福啊。」

又一天，野驢又看見了家驢，這次家驢馱著很重的東西，後面還有人拿棍子趕著他，野驢說：「看到這個情景，我不羨慕你了，也不覺得你幸福了，因為你不付出這樣的艱辛是不會得到那樣的享受的。」

**這個故事告訴我們，不能只看到別人享受，而看不到別人的付出。**

# 227 野驢與家驢

野驢和家驢相遇了。野驢看見家驢馱著很重的貨物，看上去很疲憊，就說：「你為什麼甘心受到人的欺壓呢？你看我多好啊，自由自在，也不用幹活。可以想去哪兒就去哪兒。你呢，不僅沒有自由，還要每天幹活，忍受主人的打罵。」

就在這時，一隻獅子過來了，他看見家驢和他的主人在一起，不敢輕易上前，便朝一邊沒有人庇護的野驢撲過去，把野驢吃了。

**這個故事告訴我們，有時候可能沒有自由，但是得到的是生命的保障。**

# 228 運鹽的驢子

有一頭驢子正在過河，他的背上馱著沉重的鹽。一不留神，驢子滑了一下跌入水中。等他站起來時，感覺全身非常輕鬆就很興奮，他不知道是剛才鹽在水中溶化了的緣故。

過了一段時間，這頭驢子又要過河，不過這次他馱的是海綿。他認為只要他再跌到水中，等再起來時一定會更輕鬆。

決定後，這驢子有意地腳下一滑又跌進水中。沒想到的是無論他怎麼努力都站不起來，原來海綿吸了太多的水變得太沉重。最終，這頭驢子被淹死在河裡。

**這個故事告訴我們，自以為聰明的小手段，有時會害慘自己。**

## 229 牛和車軸

路上有輛車正在行走，拉車的是幾頭牛。一路上，牛都聽見車軸吱吱地響。終於，實在聽不下去的牛轉過身對著車軸說：「朋友，我們把所有的重擔都挑到了自己的肩上，你又何必不停地哭喊呢？」

**這個故事適用於那些在別人拼命賣力時，自己也裝出一副吃苦樣子的人。**

# 230 運神像的驢子

有個人牽著驢子進城，驢背上放著神像。

一路上，驢子發現凡是見到他們的人都是恭恭敬敬的，有的還很虔誠，他不知道這些人如此做是因為看到了神像的緣故，還以為是人們在向他表達敬意。於是，他便停下了腳步，趾高氣揚地大聲叫喊著，無論主人怎麼驅趕也都不願再走了。

看到這種情景，驢夫明白了過來，他拿起木棍狠狠地敲打了一下驢子，厲聲喝道：「你這個愚笨的傢伙，還不知再過多少年才會出現人們給驢子鞠躬的情況呢！」

**有的人會藉著別人來炫耀自己，這種情況只會引來嘲笑。**

# 231 騾子

有匹騾子從小就一直吃大麥，長大後他很強壯。當他跳動時，總是自豪地對自己說：「我的爸爸絕對是一匹擅長奔跑的好馬，我和他最像了。」

一次，因為主人的需要，騾子被迫去跑路，由於路途遙遠，他奔跑了很長時間。等他跑回來，他才不得不承認自己的爸爸其實是頭驢子。

**這個故事告訴我們，一個人即使再有能力，再受人尊敬和敬仰，也不要忘了自己的身分。**

# 232 買驢子的人

有個人想買一頭驢，挑好後他先帶回家試一試。

回到家，他把那頭驢牽到了驢槽裡，讓那頭驢站到自家的驢中間。隨後，他看到那頭驢向一頭好吃懶做的驢走了過去，這個人便給這頭驢套上轡頭又還了回去。

賣驢的人對他鑑別驢的方法表示不信任，這個人說：「這是最準確的，自己是什麼樣的，就會與什麼樣的人交朋友。」

**這個故事告訴我們，和什麼樣的人交朋友，就知道你是什麼樣的人。**

# 233 公牛與野山羊

一頭公牛奮力奔跑，為了躲避獅子的追捕，當他發現一個山洞後，便毫不猶豫地跑了進去。

這是一個野山羊洞，當公牛進來後，野山羊都不停地欺負他，有的踢他，有的頂他，公牛都默默地忍受著，他對野山羊說：「我之所以忍受著你們對我的欺負，並不是因為你們多麼厲害，而是因為在洞口站著能要了我的命的獅子。」

**這個故事告訴我們，要想避過更大的災禍，有時就要在一些小事上忍耐。**

# 234 馬、牛、狗和人

雖然宙斯造了人，卻沒有讓人長壽。人憑藉智慧為自己打點一切。

冬天，人為自己蓋了房屋以避寒。有一天，天特別冷，而且還下著雨。這樣惡劣的天氣下，馬凍得受不了了，於是到人那裡求救。人向馬提出要求，如果想得到保護，就必須贈送自己的一部分壽命給人。馬覺得可以交換，於是高興地答應下來。沒過多久，牛也因為嚴寒到人這裡請求保護。人對牛提出同樣的要求，牛也答應了，於是被人收留下來。後來，狗也耐不住寒冬了，也來人這裡說願意獻出自己的一部分壽命給人，於是人也收留了狗。

就這樣，人在宙斯本來賜予壽命的歲月裡，顯現的是純潔、善良的一面；當活到馬送給的年齡後，就開始吹牛、說大話，一副高傲的樣子；當活到牛贈給的年齡，便能實打實地做些事情；最後到了狗給的年齡，就變得脾氣暴躁，動不動大吵大鬧。

**人在年輕的時候純真、善良，而到了老年，就會變得固執，還動不動就發脾氣。**

# 235 石榴樹、蘋果樹和荊棘

籬笆旁，荊棘聽到石榴樹、蘋果樹和橄欖樹在激烈地爭論，他們都想證明自己結的果實最大，他們越吵越激烈，誰也不願意停下來。

荊棘實在聽不下去了，便說道：「朋友們，我們可不可以停下來不再爭吵呢？」

**這個故事告訴我們，有些自不量力的人，總想尋找機會顯示自己聰明過人。**

# 236 黃蜂、鷓鴣與農夫

黃蜂與鷓鴣實在太渴了，就飛到農夫那兒求水喝。農夫說：「我為什麼要拿水給你們喝呢？」

鷓鴣說：「你給我水喝，我就答應給你的葡萄園鬆土，這樣就能結出更多的果實。」

黃蜂許諾說：「我用毒針幫你趕走那些偷吃的人。」

農夫聽完他們的回答後，說道：「我的那兩頭牛只是實幹，他們從不給我許諾，我把水給他們，不更好嗎？」

**這個故事告訴我們，腳踏實地地做事比任何花言巧語的許諾要好。**

## 237 黃蜂和蛇

一條蛇在爬行時，頭上停下來一隻黃蜂，黃蜂不停地螫蛇，使他備受折磨。蛇非常痛苦，可又無法整治黃蜂。

無奈之下，他來到了路上，當有輛車經過時，蛇便爬過去把頭伸到了車輪下邊，說：「我要和黃蜂一起死在這裡。」

**這個故事是說，與其受敵人的折磨，不如與他們同歸於盡。**

# 238 蚯蚓和蟒蛇

路旁有棵無花果樹，一條蛇正躺在樹下睡覺，一條蚯蚓從這裡經過時，看到了蟒蛇長長的身體很是羨慕，他希望自己也能擁有和蟒蛇一樣漂亮的身材。

然後，蚯蚓慢慢地爬到蟒蛇的身旁，拼命地拉扯自己的身體，希望自己變得更長。沒料到，由於他用力過猛，結果把自己的身體拉斷了。

**這個故事告訴我們，當我們想學習別人時，要根據自己的實際情況量力而行。**

# 239 蟬和狐狸

大樹上停著一隻蟬，他在高聲歌唱。狐狸聽見蟬叫，心想怎樣把他吃到肚子裡呢？

狐狸想了一個計策。他假裝誇蟬的歌是「天下最美的音樂」，然後又極力讚美蟬，能唱出這麼好聽的歌的一定也長得很好看，還問能不能下來讓他看看。

對於狐狸的詭計，蟬一眼就識破了，於是扔下一片樹葉。看到有東西掉下來，狐狸以為是蟬就去抓。蟬嘲笑狐狸說：「你這笨傢伙，我才不下來呢。我曾看見過狐狸的糞便，裡面有蟬的翅膀，從那時起我對狐狸就有戒心了。」

**這故事是說，明智的人能從他人的災難中得到教訓。**

# 240 孔雀與寒鴉

所有的鳥兒聚集在一起，他們在討論選舉國王的事。

孔雀說他最應該當國王，因為他的相貌俊俏，當所有的動物正準備讓孔雀做他們的國王時，站在一旁的寒鴉提出了不同意見。

他說：「若你做了我們的國王，有人來抓捕我們時，你能使我們不受傷害嗎？」

**這個故事告訴我們，評價一個人，不是看他美麗與否，而是要看他的聰明和才幹。**

## 241 孔雀和白鶴

孔雀自恃自己羽毛美麗，總是嘲笑白鶴，一天，他對白鶴說：「你看我的羽毛色彩鮮豔，你的就不怎麼樣了，你的羽毛一點都不高貴。」

聽了孔雀的話，白鶴說：「我能翱翔於高空，叫聲響徹雲霄，而你無法飛翔，總是和雞鴨生活在一起，只能行走在地面上。」

**這個故事告訴我們，穿戴樸素、志向高遠的人遠勝於穿著華麗而眼光狹隘的人。**

# 242 駱駝、大象、猴子

所有的動物決定選出他們的國王，駱駝仗著自己身材高大，大象認為自己力氣超群，他們都認為自己會勝過其他的動物，所以也去參加競選。

可是，猴子卻覺得他倆沒有一個能當大王，猴子說：「駱駝太溫順了，即使哪個動物做了壞事，他也從不責怪、不抱怨；大象太懦弱了，他連小豬都害怕，怎麼可以做國王呢？」

**這個故事告訴我們，凡事要注重細節。除了外型健壯，內心的強大更重要。**

# 243 天鵝

大家都說天鵝的歌聲很美，可是很少有人聽到，因為天鵝只有在快死的時候才唱歌。

有一天，一個人正好看到一隻天鵝在出售，他也聽說天鵝的歌聲很美，卻從來沒聽過，於是他就把那隻天鵝買了下來。

有一次，他擺宴席請客，席間他叫天鵝唱歌，可是天鵝卻怎麼也不肯唱。

又過了一段時間，天鵝感覺自己快要死了就唱起歌來。他的主人聽到後就說：「既然你一定要等快死的時候才唱歌，那天我叫你唱歌的時候就應該把你殺了。」

**這個故事告訴我們，有些人不願去做某些事，除非到了迫不得已才會勉強去做。**

# 244 燕子和蟒蛇

有隻燕子在法院裡做了一個窩。一天燕子飛出去找食物，蟒蛇爬了過來把幾隻小燕子全給吃了。燕子回來看到空空的窩，非常傷心。

另一隻燕子就過來安慰她，說：「別傷心了，不只你一個人丟了孩子啊。」

燕子回答道：「我傷心不僅僅是因為丟了孩子，而是因為我在受害者可以得救的地方遭受了災難。」

**這個故事告訴我們，當災難來得出乎意料時，往往會更讓人傷心。**

# 245 烏龜與兔子

烏龜與兔子都說自己跑得最快，後來他們決定舉行一次長跑比賽，並商定了比賽的時間和地點。

比賽開始後，兔子認為自己一生下來就跑得很快，要贏烏龜是輕而易舉的事，於是就找了個地方躺了下來睡覺。而烏龜知道自己跑得不快，所以不敢有一絲懈怠，他堅持不懈地向前一點一點地跑著。

當兔子睡得正香時，烏龜從他的身邊過去他都不知道，烏龜最終贏得了這場比賽，成為了冠軍。

**這個故事告訴我們，驕傲的人終將被那些刻苦努力的人所戰勝。**

# 246 烏龜和老鷹

烏龜非常羨慕老鷹會飛翔，便請老鷹教他，老鷹說：「你還是不要學了，你的本性是不能來學習飛翔的。」

烏龜不聽勸告，一再哀求老鷹，老鷹只好抓住他向空中飛去。到了空中，老鷹鬆開了烏龜，往下墜落的烏龜正好掉到一塊大石頭上面，摔死了。

**這個故事告訴我們，要善於聽從別人的勸告，這樣可以免除一些不必要的麻煩。**

# 247 跳蚤與運動員

有一個運動員在奔跑時，一隻跳蚤跳到他的腳上，這隻跳蚤不斷地咬這位運動員的腳。運動員很生氣，就用手指去捏跳蚤。可跳蚤靠與生俱來的本領，一下子就跳走了。

運動員悲歎道：「海克力斯啊，你賜予我的力量呢？如今我連這小小的跳蚤都對付不了，將來當我面對強大的對手，又該怎麼去戰勝他們呢？」

**這個故事告訴我們，不要因為一點小事就求助於人，應該在遭遇到大的困難時再向別人求助。**

# 248 鸚鵡和貓

有人買了一隻鸚鵡當寵物。鸚鵡已經被馴養了，他跳上爐台，並在那裡唱歌。

貓看見了，就問他：「你是誰啊，你怎麼在這兒？」鸚鵡回答說：「我是主人剛買回來的寵物。」

貓聽後說道：「那你太不知輕重了，你剛來就大吵大鬧，我是家生的，主人都不准我這樣叫，要是叫了，他們就會生氣，把我打出去。」

鸚鵡回答貓說：「貓啊，這你就不用管了，主人可是很喜歡聽我唱歌的，不像對你的怪叫那麼討厭。」

**這個故事適用於那些總是喜歡對別人妄加評論的人。**

# 249 松樹和荊棘

一天，松樹向荊棘炫耀道：「你太沒有用處了，無論建造什麼你都派不上用場。哪像我，無論是造廟頂，還是建房子，我都能用得上。」

聽了松樹的誇耀，荊棘說：「松樹啊，其實你太不幸了，當你想到你最終要被斧子劈、被鋸子鋸，我想你一定會認為做荊棘要勝過做松樹。」

**這個故事告訴我們，即使沒有太多的財富而能安心地生活，比起擁有很多財富卻要擔驚受怕地過日子要好。**

# 250 小牛與公牛

一頭公牛在田地裡幹活，一頭小牛看到後，覺得公牛太不幸了，因為公牛工作得那麼辛苦。

一天，主人要去祭神，便捉來小牛要宰殺。公牛看到後笑了笑，他對小牛說：「朋友，現在你知道自己為什麼不用幹活了吧？因為你的任務是做供品。」

**這個故事告訴我們，那些終日無所事事的人，等待他們的將是不幸。**

# 251 三頭公牛與獅子

三頭牛住在一起。有隻獅子一直想要吃掉他們，可就是一直找不到機會，因為公牛們很團結。

於是獅子想了一個辦法，他在公牛們中間挑撥，使他們相互間發生衝突，然後乘他們單獨待著的時候攻擊他們。這樣，獅子輕易地就把他們都吃了。

**這個故事告訴我們，團結一心是弱者對付強者的有力武器。**

## 252 冠雀

有隻冠雀尋找食物時，沒有留意腳下，結果被一個捕鳥夾夾住了。傷心的冠雀自言自語道：「我真是倒楣啊！我從來都沒有拿過別人的金子、銀子，或者別的什麼東西，今天卻因為這一顆小小的穀子把命給丟了。」

**這個故事適用於那些喜歡冒著巨大風險去貪小便宜的人。**

# 253 被射傷的鷹

鷹想要捕抓一隻兔子，此時他站在一塊岩石上。沒料到，有人向他射了一箭，正好射中了他的身體。

這支箭的箭翎用的正是老鷹的羽毛，鷹說：「最終讓我喪命的竟是我自己的羽毛，真是無法接受這樣的事實。」

**這個故事告訴我們，如果傷害來自最親密的人，將最令人難以接受。**

# 254 河水與皮革

有一塊皮革漂浮在水面上，河水不認識他，便問道：「你叫什麼名字？」

他回答說：「我的名字是堅硬。」

急流衝擊著皮革，河水便說：「你的名字太不合適了，換一個吧，因為你即將被我變得無比柔軟。」

**這個故事告訴我們，恢復事物本性是很容易的。**

# 255 蚯蚓和狐狸

一條蚯蚓從土裡鑽出來，到了地面上後，他對所有的動物說：「我可以幫人治病，我熟悉所有藥物的性能，我的醫術和眾神的醫生佩恩一樣高超。」

聽了他的話，狐狸說：「你只會給別人治病嗎？為什麼不先把自己的跛腳治好呢？」

**這個故事是諷刺那些說大話、說空話的人。**

# 256 生病的渡鴉

一隻渡鴉生病後，便對他的母親說：「媽媽，你不要傷心。為了我能好起來，你去祈求神吧！」

聽了他的建議，母親說：「孩兒啊，我想沒有一個神會幫助你的，因為你曾經偷吃過所有祭壇上的肉啊！」

**這個故事告訴我們，如果平時傷害過太多的人，當身處困境時，就很難找到願意幫助自己的人。**

## 257 蛇的尾巴和身體

蛇的尾巴對蛇頭說：「每次都是你帶路，現在應該輪到我帶路了吧。」蛇頭說：「行，你要是願意你就帶路吧。」於是，尾巴就開始帶起路來，但是由於尾巴沒有腦子，所以他只會亂走，結果把蛇頭給撞碎了。

**這個故事告訴我們，不要輕易地去迎合別人，凡事要有自己的想法。**

# 258 狼和帶著鐵鍊的狗

狼看見一隻狗帶著鐵鍊，就問他：「誰把你拴起來的？」

狗答道：「是獵人把我拴起來的，他餵養我，讓我衣食無憂。」

狼聽了說：「但願我不會被這樣拴著，對我來說，自由比較重要，我寧可挨餓。」

**這個故事告訴我們，自由比安逸更重要。**

# 259 牆壁與釘子

一天，牆壁高聲地責怪釘子，因為他的身體都被釘子釘壞了，牆壁說：「我沒有對你做過什麼不好的事情，我倆又沒有什麼冤仇。可你為什麼要釘壞我呢？」

聽了牆壁的抱怨，釘子說：「這一切都不能怨我，只因為有人狠狠地敲打我，才會出現這樣的結局。你要怨，就該去怨那個敲打我的人。」

**這個故事告訴我們，追究責任要先找首先犯錯的那個人。**

# 260 小狗和青蛙

有一隻狗一直跟著一個人走路，一路上都沒有停下來休息。天氣實在是太熱，到了晚上的時候，他迷迷糊糊倒在池塘邊就睡著了。正在他睡得香甜的時候，池塘裡的青蛙開始亂叫起來。

小狗被青蛙吵醒了，非常不高興。他就跳到水裡朝著青蛙們叫，想讓青蛙們停止吵鬧，他好安靜地睡覺，可是試了很多次都沒有用，他只好作罷，坐在那自言自語地說：「我居然想讓你們這些天生吵鬧的人變得安靜，我真是笨。」

**這個故事告訴我們，有些傲慢自大的人做事情總是為所欲為，不會顧及別人的感受。**

# 261 貓和雞

一天，貓藉口自己過生日要設宴請客，請了很多雞來參加。當雞走進了屋子以後，貓便把門關上，然後一隻一隻吃掉了所有的雞。

**這個故事針對的是那些對別人懷抱著美好夢想，最終卻失望而歸的人。**

# 262 老鼠和青蛙

在很久以前，動物之間是可以互相對話的。

老鼠和青蛙是朋友，一天，老鼠邀請青蛙吃飯，他把青蛙帶到一個有錢人的倉庫裡，那裡面有各種好吃的。

老鼠對青蛙說：「隨便吃，不要客氣。」

青蛙回答說：「好的。不過，光吃你的我也過意不去。這樣吧，你到我那兒去，我也請你吃頓大餐。不會游水沒關係，把我們的腳用繩子拴起來就行了。」

就這樣，他們把腳拴在一塊，一同跳進了池塘裡。老鼠不會游泳，被拖入水中後掙扎了一會兒就淹死了。一隻雀鷹飛過，看見老鼠浮在水面上，就準備把老鼠抓起來飽餐一頓。青蛙和老鼠的腳還拴在一塊，所以青蛙也成了雀鷹的美餐。

**生活中這種事情很多，在把別人推向深淵的時候，自己也被牽連進去一起遭殃。**

# 263 田鼠與家鼠

田鼠和家鼠結為好友。一天，住在鄉下的田鼠邀請家鼠去他家作客。在田鼠家裡，吃著大麥和穀子的家鼠鄙夷地說：「朋友，你的生活和螞蟻沒有什麼兩樣，你應該跟我走，我會讓你享受到無數的好東西。」

於是，家鼠把田鼠帶到他在城裡的家。當看到家鼠不僅有豆子和穀子，還有紅棗、乾酪、蜂蜜，他看得眼都直了。他發出一聲聲的讚歎，並感慨自己命運不濟。他們剛開始吃時，有人進屋來了，家鼠飛快地溜進洞裡。後來家鼠去取乳酪吃，沒想到又有人開門進來，家鼠又急忙回到洞中。看到這種情景，心驚肉跳的田鼠趕忙帶著飢餓的肚子離開了。

臨走時，他對家鼠說：「我還是走吧，我寧願回去踏踏實實地吃我的大麥和穀子，也不願和你提心吊膽地享用這些好東西！雖然你瞧不起我那平凡的生活，但我還是樂意。」

**相比提心吊膽的生活，人們更願意過安穩的生活，即使前者生活條件明顯優於後者。**

# 264 雀鷹和天鵝

很久以前，雀鷹是會唱歌的，而且唱得和天鵝一樣好聽。當他們第一次聽到馬的叫聲時覺得很動聽，就想極力模仿。

他們努力學習馬叫，卻失去了自己原來的叫聲。最終，他們不但沒能擁有像馬一樣的嘶鳴，而且永遠唱不出歌來了。

**這個故事告訴我們，模仿別人時如果不適當，容易丟掉自我的本色。**

# 265 小蟹和母蟹

一天，母蟹在教導小蟹，她說道：「孩兒啊，你為什麼不直著走路呢？以後不要再橫著走了，那樣是很不符合常理的。」

聽了媽媽的話，小蟹說：「媽媽，你給我做個示範好嗎？那樣我可以學著走。」可是，母蟹也只會橫著走，孩子見了，便說媽媽太笨了。

**這個故事告訴我們，勸說別人時很容易，但是自己做起來很難。**

# 266 油橄欖樹和無花果樹

常年碧綠的油橄欖樹嘲笑無花果樹，因為無花果樹到了冬天葉子就掉光了。正說著，天空飄起了雪花，因為油橄欖樹有茂密的樹葉，雪花就一個勁兒地落在了他的身上，最終毀掉了油橄欖樹，他的美麗也不復存在了。因為無花果樹沒有樹葉，雪花飄下來後都落到了地上，無花果樹沒有受到一點傷害。

**這個故事告訴我們，一個人如果過於重視外貌，可能會因此得不償失。**

# 267 病鹿

在一塊草地上，有一隻鹿躺在那裡，因為生了病，他站不起來。有很多動物來問候他，但是，離開之前總會就近吃點草。等這隻鹿病好了，他附近的草也被吃光了。由於找不到草來吃，小鹿最終被餓死了。

**這個故事告訴我們，濫交對自己沒有好處的朋友，只會給自己帶來壞處。**

# 268 小鹿與他的父親

一天，公鹿和小鹿在一起，小鹿不解地問道：「父親，你不應該害怕狗啊！狗沒有你長得高大，沒有你跑得快，也沒有這麼大的角用來保護自己。」

聽了孩子的問話，公鹿笑了笑，說：「孩子，你說的一點都不錯，我知道我比狗強大，但不知道為什麼只要一有狗的叫聲，我就會不由自己地奔跑。」

**每個人都有自己的弱點與恐懼，當面臨危險和挑戰時，要學習冷靜面對而不是選擇逃避。**

# 269 蜜蜂和牧人

有個人在放牧時看見了一個樹洞，樹洞裡有一些蜂蜜。當他想偷偷地拿走時，採蜜回來的蜜蜂從四面八方飛了過來，這些蜜蜂盤旋在他的頭頂，準備要螫他。

牧人害怕地求饒說：「我不敢了，我不敢了。我是不會拿走你們的蜂蜜的，求你們千萬不要螫我。」

**這個故事告訴我們，不義之財伴隨著的往往是嚴厲的懲罰。**

# 270 母山羊與葡萄樹

春天到了，葡萄樹抽出了嫩芽。母山羊看到這些新鮮的綠芽後，便走過來津津有味地吃了起來。

葡萄樹生氣地責怪母山羊：「你怎麼會這麼殘忍呢？地上不是長有青草嗎？你為什麼就不能放過我剛剛長出的小芽呢？即使你吃掉了我的嫩葉，你還是逃脫不了被宰殺的命運，當你被用來祭神時，人們會把用我釀成的酒灑在你的身上。」

**這個故事告訴我們，一個人對別人所做的事，也會反過來發生在他自己身上。**

# 271 公牛、小獅子和獵人

公牛行走時發現了一隻小獅子。他看到小獅子正在熟睡，知道這是下手的好機會，於是用牛角把小獅子頂死了。母獅回來後發現自己的孩子死了，傷心欲絕，她痛苦地大聲哭著。遠處有一個獵人見此，便對難過的獅子說：「以前你咬死了許多別人家的孩子，如今是否已經體會到了他們的痛苦心情呢？」

**這個故事告訴我們，你怎樣對待別人，別人就會怎樣回報你。**

# 272 燕子和鳥類

一天，燕子把所有的鳥都召集了起來，說他們都面臨著重大的危險，因為槲寄生正在長出新芽，人類會用槲寄生做成黏膠來捕捉他們。當務之急是要破壞掉所有長有槲寄生的樹，如果無法做到的話，唯一的出路就是投靠人類，這樣可以避免被捕捉。

聽完燕子的話之後，所有的鳥都覺得他太愚蠢了，沒有一隻鳥聽從他說的話。無奈的燕子只好自己去了人類那裡，希望能夠得到保護。

人們喜歡燕子的機靈，就收留了他。當燕子和人類共同生活時，其他的鳥都被人類捉住吃了，只有燕子可以在人類的家裡光明正大地築巢。

**這個故事告訴我們，要有預見，才能避免危險。**

# 273 母雞與燕子

燕子看到母雞居然在孵一個蛇蛋，原來這是母雞無意中發現的，所以就拿回來孵了。只見母雞孵蛋時小心謹慎，而且還幫即將出殼的蛇啄蛋殼。

燕子為她擔憂，便對她說：「你真是太愚蠢了！如今你好心好意地孵出這個壞蛋，將來他長大了，第一個要吃掉的就是你。」

**這個故事告訴我們，對壞人行善，不但不會有好報，最終只會遭遇不幸。**

# 274 公雞和松雞

有個養雞人帶了一隻被馴養過的松雞回家，這是他剛在市場上買的。松雞剛來時，每天都會遭受那些公雞的欺負，有的啄他，有的驅趕他。松雞很痛苦，他想可能是因為自己和他們不同類，所以才會被輕視。

沒過多長時間，松雞發現這些公雞也互相打鬥，他們經常把對方啄傷、直到流血才停止打鬥。這下，松雞總算是明白了：「他們對待自己的同類都那麼殘忍，以後他們即使再欺負我，我也不必感到痛苦了。」

**同樣的道理，看到鄰居對自家人都粗暴對待時，再想想自己從他們那裡受的氣，心裡就不再那麼不堪忍受。**

# 275 生金蛋的雞

有個人養了一隻雞，這隻雞每一次都會下一個金蛋。一天，這個人卻把雞宰了，原來他認為雞的肚子裡一定會有很多的金子。

令他失望的是，這隻下金蛋的雞和普通的雞沒什麼兩樣。最終，他不但沒有得到夢想中的財富，還失去了眼前的收入。

**這個故事告訴我們，每一個人都應該學會知足。**

# 276 魚狗

在鳥類中，要數魚狗最古怪。聽說，她常把窩築在海邊的懸崖上，為的是防止別人捕捉到她。有一次，魚狗在一塊岩石上築了巢，她即將產卵，這裡臨海近，很安全。

一天，她出去尋找食物，海上起了大風暴，她的巢被風浪捲走了，雛鳥全都掉到了海中，無一倖免。當她回來看到這情景時，哀聲歎息道：「我真是不幸！為了躲避陸地上危險的人類藏到了這裡，卻想不到這裡更不安全。」

**這個故事告訴我們，我們對敵人會處處提防，但可能會遭受到比敵人更厲害的朋友的打擊。**

# 277 夜鶯

窗戶掛了一個籠子，裡邊裝著一隻夜鶯。

每當夜幕降臨時，夜鶯便開始唱歌，蝙蝠聽見了便飛了過來，他不解地問夜鶯：「你為什麼在白天一聲不吭，而選擇在晚上歌唱呢？」

夜鶯說：「我這樣做是有理由的。有個人在白天趁我歌唱時捉住我，從那以後我就警覺了起來，只在晚上唱歌。」

聽了夜鶯的話，蝙蝠說：「你在被捉住前就該小心謹慎，現在即使你再小心也於事無補了。」

**這個故事告訴我們，當災難已經降臨，抱怨和後悔都是徒勞的。**

# 278 夜鶯與雀鷹

一隻夜鶯像往常一樣站在樹上唱歌，突然，一隻飢餓的雀鷹猛地抓住了他。

夜鶯苦苦哀求雀鷹不要吃掉他，並希望能夠放了他，因為他太小了，即使被吃掉也解決不了太大的問題，如果雀鷹想要填飽肚子的話，只有去吃那些較大的鳥才行。

聽了夜鶯的話，雀鷹說：「我可不是個笨蛋，我是不會為了那遙不可及的獵物，而隨意捨棄已到手的食物的。」

**這個故事告訴我們，有智慧的人不會為了得到較大的好處，而隨意放棄已到手的利益。**

# 279 北風和太陽

一天，北風和太陽在激烈地爭辯，他們都想證明自己的能力最大。為了一決高下，他們決定進行一場比賽，如果誰能讓行人把身上的衣服脫掉，誰就是贏家。

當北風來到行人的身邊時，他開始向那個人吹起猛烈的風，行人因為寒冷緊緊地裹住身上的衣服。看到這種情況，北風便吹得更厲害了，最後，行人被凍得實在受不了，又拿出更多的衣服穿在身上。此時的北風已經筋疲力竭，他只好無奈地讓太陽來比賽。

太陽先向那個人射出了溫暖的光芒，感到暖和的行人脫下了剛才穿上的衣服。太陽使他的光越來越強烈，行人熱得忍受不了，就把身上的衣服全脫了下來，並且跑到附近的一條河裡洗澡去了。

**這個故事告訴我們，溫和的勸說要勝過嚴厲的指責。**

# 280 大樹和蘆葦

一天，因為突然颳起了猛烈的風，一棵粗壯的大樹都被颳斷了。風停了，大樹看到完好無損的蘆葦非常驚訝，他不明白為何強風把自己都颳斷了，而細小、柔弱的蘆葦會沒事呢？

他向蘆葦尋求答案，蘆葦說：「我們知道自己的柔弱，所以有風襲來時，我們為了給風讓路便會選擇低下頭來，這樣狂風便無法吹到我們；而你們因為有著又粗又壯的樹幹，當風襲來時，選擇了奮力抵抗，自然會受到損傷。」

**這個故事告訴我們，當面臨危險時，有時適當的讓步可能是較為明智的解決辦法。**

# 281
# 核桃樹

在路邊，有一棵結了很多核桃的核桃樹。過往的行人為了吃到核桃，總會拿著石頭去扔核桃樹的樹枝。

每當這時，核桃樹總是輕輕地歎口氣，然後對自己說：「我真是不幸，每一年我都會送給人們許多核桃，可同時還得忍受人們帶給我的羞辱和責打。」

**這個故事適用於那些與人為善，卻無法被人理解的人。**

# 282 海豚和白楊魚

海豚和鯨之間發生了戰爭，他們打鬥了很長時間，不但沒有停下來的意思，反而越加激烈。一條白楊魚看見後，便向他倆游了過來進行勸解，希望他們能夠和平相處。

聽了他的話，海豚卻說：「我們即使因為猛烈的打鬥導致兩敗俱傷，也不會選擇你做我們的調解員的。」

**生活中，有些人原本微不足道，但是一遇到大事就會把自己當作了不起的大人物。**

# 283 兔子與青蛙

一天，很多兔子在一起討論人生，當他們想到自己的懦弱時，感到很傷心；當想到了一直伴隨著他們生活的不安全感和恐慌時，他們又感到很難過；他們還想到現在自己坐在這裡，明天可能就會被某種動物吃掉了，吃了他們的可能是人、是狗、是鷹，也或許會是別的動物。想到最後，他們覺得活著實在沒有什麼意思，還不如死了算了。

於是，他們決定一起投入池塘中自殺。當所有的兔子奔向池塘時，他們快速的腳步聲驚動了池塘邊的青蛙，青蛙不知道發生了什麼事都趕緊地跳入池塘中。有一隻兔子很有智慧，當他看到了這種情況，好像領悟到了什麼，他急忙喚住同伴：「夥伴們，停下我們前進的腳步吧！你們沒有看到嗎？還有比我們更懦弱的動物呢，我們又何必因為害怕而去死呢？」

**這個故事告訴我們，在生活中，不幸者會用別人更大的不幸來安慰自己。**

# 284 蚊子和公牛

一隻蚊子飛累了，便停在一頭公牛的角上休息。過了很長的時間，當蚊子想飛走時，就徵求公牛的意見，他想知道公牛是否會挽留他。

想不到公牛說：「你落在我的身上時我根本都不知道，即使你飛走了我也不會感覺到的。」

**這個故事針對的是那些過於高估自己的人，殊不知他們的存在或離開對團體而言都不會造成太大的影響。**

# 285 兔與狐狸

有隻兔子要狐狸去幫他吶喊加油，因為他將和一隻鷹開戰。聽了兔子的話，狐狸說：「我們是不會去的，因為我們既了解你，也非常清楚你的對手的情況。」

**這個故事告訴我們，當對手比我們強大得多時，必須量力而行。**

巧讀伊索寓言 / 伊索著 ; 張弛, 孫笑語譯. -- 一版.
-- 臺北市 : 大地出版社有限公司, 2024.12
面： 公分. --（巧讀經典：16）
譯自 : Aesop's fables.
ISBN 978-986-402-395-0（平裝）

1.CST: 寓言

871.36 113016156

# 巧讀伊索寓言
**Aesop's Fables**

巧讀經典 016

| | |
|---|---|
| 作　　者 | （古希臘）伊索 |
| 譯　　者 | 張弛、孫笑語 |
| 發 行 人 | 吳錫清 |
| 主　　編 | 陳玟玟 |
| 出 版 者 | 大地出版社 |
| 社　　址 | 114台北市內湖區瑞光路358巷38弄36號4樓之2 |
| 劃撥帳號 | 50031946（戶名：大地出版社有限公司） |
| 電　　話 | 02-26277749 |
| 傳　　眞 | 02-26270895 |
| E - mail | support@vastplain.com.tw |
| 網　　址 | www.vastplain.com.tw |
| 美術設計 | 陳喬尹 |
| 印 刷 者 | 博客斯彩藝有限公司 |
| 一版一刷 | 2024年12月 |

大地

定　　價：300元